男性作家が選ぶ太宰治

dazai osamu

太宰 治

講談社文芸文庫

目次

男性作家が選ぶ太宰治

奥泉　光・選

道化の華

自分は太宰治が好きではないが、比較的ていねいに読んだのが、最初の小説集『晩年』で、自然主義リアリズムの窮屈さから脱して小説の自由を回復しようとする、モダニスト太宰の意欲には共感できるところもある。語り手がときに現前するメタフィクショナルな構成のなかに、私小説や通俗ロマンなど、複数のスタイルを導入する「道化の華」は、作家の野心が強くにじみ出て、太宰らしさが炸裂している。であるがゆえに、この作品が自分は一番嫌いだ。

奥泉　光

「ここを過ぎて悲しみの市《まち》。」

友はみな、僕からはなれ、かなしき眼もて僕を眺める。友よ、僕と語れ、僕を笑え。ああ、友はむなしく顔をそむける。友よ、僕に問え。僕はなんでも知らせよう。僕はこの手もて、園を水にしずめた。僕は悪魔の傲慢さもて、われよみがえるとも園は死ね、と願ったのだ。もっと言おうか。ああ、けれども友は、ただかなしき眼もて僕を眺める。

大庭葉蔵はベッドのうえに坐って、沖を見ていた。沖は雨でけむっていた。

夢より醒め、僕はこの数行を読みかえし、その醜さといやらしさに、消えもいりたい思いをする。やれやれ、大仰きわまったり。だいいち、大庭葉蔵とはなにごとであろう。酒でない、ほかのもっと強烈なものに酔いしれつつ、僕はこの大庭葉蔵に手を拍《う》った。この姓名は、僕の主人公にぴったり合った。大庭は、主人公のただならぬ気魄を象徴してあますところがない。葉蔵はまた、何となく新鮮である。古めかしさの底から湧き出るほんとうの新しさが感ぜられる。しかも、大庭葉蔵とこう四字ならべたこの快い調和。この姓名からして、すでに劃期的ではないか。その大庭葉蔵が、ベッドに坐り雨にけむる沖を眺めているのだ。いよいよ劃期的ではないか。

よそう。おのれをあざけるのはさもしいことである。それは、ひしがれた自尊心から来るようだ。現に僕にしても、ひとから言われたくないゆえ、まずまっさきにおのれのからだへ釘をうつ。これこそ卑怯だ。もっと素直にならなければいけない。ああ、謙譲に。

大庭葉蔵。

笑われてもしかたがない。鵜のまねをする烏。見ぬくひとには見ぬかれるのだ。よりよい姓名もあるのだろうけれど、僕にはちょっとめんどうらしい。いっそ「私」としてもよいのだが、僕はこの春、「私」という主人公の小説を書いたばかりだから二度つづけるのがおもはゆいのである。僕がもし、あすにでもひょっくり死んだとき、あいつは「私」を主人公にしなければ、小説を書けなかった、としたり顔して述懐する奇妙な男が出て来ないとも限らぬ。ほんとうは、それだけの理由で、僕はこの大庭葉蔵をやはり押し通す。おかしいか。なに、君だって。

一九二九年、十二月のおわり、この青松園という海浜の療養院は、葉蔵の入院で、すこし騒いだ。青松園には三十六人の肺結核患者がいた。二人の重症患者と、十一人の軽症患者とがいて、あとの二十三人は恢復期の患者であった。葉蔵の収容された東第一病棟は、謂わば特等の入院室であって、六室に区切られていた。葉蔵の室の両隣りは空室で、いちばん西側のへ号室には、脊と鼻のたかい大学生がいた。東側のい号室とろ号室には、わかい女のひとがそれぞれ寝ていた。三人とも恢復期の患者である。その前夜、袂ケ浦《たもとがうら》で心中があった。一緒に身を投げたのに、男は、帰帆の漁船に引きあげられ、命をとりとめた。けれども女のからだは、見つからぬのであった。その女のひとを捜しに半鐘をながいこと烈しく鳴らして村の消防手どものいく艘もいく艘もつぎつぎと漁船を沖へ乗り出して行く掛声を、三人は、胸とどろかせて聞いていた。漁船のともす赤い火影が、終夜、江の島の岸を彷徨《さまよ》うた。大学生も、ふたりのわかい女も、その夜は眠れなかった。あけがたになって、女の死体が袂ケ浦の浪打際で発見された。短く刈りあげた髪がつやつや光って、顔は白くむくんでいた。

葉蔵は園の死んだのを知っていた。漁船でゆらゆら運ばれていたとき、すでに知ったのである。星空のしたでわれにかえり、女は死にましたか、とまず尋ねた。漁夫のひとりは、死なねえ、死なねえ、心配しねえがええずら、と答えた。なにやら慈悲ぶかい口調であった。死んだのだな、とうつつに考えて、また意識を失った。ふたたび眼ざめたときには、療養院のなかにいた。狭くるしい白い板壁の部屋に、ひとがいっぱいつまっていた。そのなかの誰かが葉蔵の身元をあれこれと尋ねた。葉蔵は、いちいちはっきり答えた。夜が明けてから、葉蔵は別のもっとひろい病室に移された。変を知らされた葉蔵の国元で、彼の処置につき、取りあえず青松園へ長距離電話を寄こしたからである。葉蔵のふるさとは、ここから二百里もはなれていた。

東第一病棟の三人の患者は、この新患者が自分たちのすぐ近くに寝ているということに不思議な満足を覚え、きょうからの病院生活を楽しみにしつつ、空も海もまったく明るくなった頃ようやく眠った。

葉蔵は眠らなかった。ときどき頭をゆるくうごかしていた。顔のところどころに白いガアゼが貼りつけられていた。浪にもまれ、あちこちの岩でからだを傷つけたのである。真野という二十くらいの看護婦がひとり附き添っていた。左の眼蓋のうえに、やや深い傷痕があるので、片方の眼にくらべ、左の眼がすこし大きかった。しかし、醜くなかった。赤い上唇がこころもち上へめくれあがり、浅黒い頬をしていた。ベッドの傍の椅子に坐り、曇天のしたの海を眺めているのである。葉蔵の顔を見ぬように努めた。気の毒で見れなかった。

正午ちかく、警察のひとが二人、葉蔵を見舞った。真野は席をはずした。

ふたりとも、脊広を着た紳士であった。ひとりは短い口鬚を生やし、ひとりは鉄縁の眼鏡を掛けていた。鬚は、声をひくくして園とのいきさつを尋ねた。葉蔵は、ありのままを答えた。鬚は、小さい手帖へそれを書きとるのであった。ひととおりの訊問をすませてから、鬚は、ベッドへのしかかるようにして言った。「女は死んだよ。君には死ぬ気があったのかね。」

葉蔵は、だまっていた。

鉄縁の眼鏡を掛けた刑事は、肉の厚い額に皺を二三本もりあがらせて微笑みつつ、鬚の肩を叩いた。「よせ、よせ。可愛そうだ。またにしよう。」

鬚は、葉蔵の眼つきを、まっすぐに見つめたまま、しぶしぶ手帖を上衣のポケットにしまい込んだ。

その刑事たちが立ち去ってから、真野は、いそいで葉蔵の室へ帰って来た。けれども、ドアをあけたとたんに、嗚咽している葉蔵を見てしまった。そのままそっとドアをしめて、廊下にしばらく立ちつくした。

午後になって雨が降りだした。葉蔵は、ひとりで厠へ立って歩けるほど元気を恢復していた。

友人の飛驒が、濡れた外套を着たままで、病室へおどり込んで来た。葉蔵は眠ったふりをした。

飛騨は真野へ小声でたずねた。「だいじょうぶですか？」

「ええ、もう。」

「おどろいたなあ。」

彼は肥えたからだをくねくねさせてその油土くさい外套を脱ぎ、真野へ手渡した。

飛騨は、名のない彫刻家で、おなじように無名の洋画家である葉蔵とは、中学校時代からの友だちであった。素直な心を持った人なら、そのわかいときには、おのれの身辺ちかくの誰かをきっと偶像に仕立てたがるものであるが、飛騨もまたそうであった。彼は、中学校へはいるとから、そのクラスの首席の生徒をほれぼれと眺めていた。首席は葉蔵であった。授業中の葉蔵の一嚬《いっぴん》一笑も、飛騨にとっては、ただごとでなかった。また、校庭の砂山の陰に葉蔵のおとなびた孤独なすがたを見つけて、ひとしれずふかい溜息をついた。ああ、そして葉蔵とはじめて言葉を交した日の歓喜。飛騨は、なんでも葉蔵の真似をした。煙草を吸った。教師を笑った。両手を頭のうしろに組んで、校庭をよろよろとさまよい歩く法もおぼえた。芸術家のいちばんえらいわけをも知ったのである。葉蔵は、美術学校へはいった。飛騨は一年おくれたが、それでも葉蔵とおなじ美術学校へはいることができた。葉蔵は洋画を勉強していたが、飛騨は、わざと塑像科をえらんだ。ロダンのバルザック像に感激したからだと言うのであったが、それは彼が大家になったとき、その経歴に軽いもったいをつけるための余念ない出鱈目であって、まことは葉蔵の洋画に対する遠慮からであった。ひけめからであった。そのころになって、ようやく二人のみちがわかれ始めた。葉蔵のからだは、いよいよ痩せていったが、飛騨は、すこしずつ太った。ふたりの懸隔はそれだけでなかった。葉蔵は、或る直截な哲学に心をそそられ、芸術を馬鹿にしだした。飛騨は、また、すこし有頂天になりすぎていた。聞くものが、かえってきまりのわるくなるほど、芸術という言葉を連発するのであった。つねに傑作を夢みつつ、勉強を怠っていた。そうしてふたりとも、よくない成績で学校を卒業した。葉蔵は、ほとんど絵筆を投げ捨てた。絵画はポスタアでしかないものだ、と言っては、飛騨をしょげさせた。すべての芸術は社会の経済機構から放たれた屁である。生活力の一形式にすぎない。どんな傑作でも靴下とおなじ商品だ、などとおぼつかなげな口調で言って飛騨をけむに巻くのであった。飛騨は、むかしに変らず葉蔵を好いていたし、葉蔵のちかごろの思想にも、ぼんやりした畏敬を感じていたが、しかし飛騨にとって、傑作のときめきが、何にもまして大きかったのである。いまに、いまに、と考えながら、ただそわそわと粘土をいじくっていた。つまり、この二人は芸術家であるよりは、芸術品である。いや、それだからこそ、僕もこうしてやすやすと叙述できたのであろう。ほんとの市場の芸術家をお目にかけたら、諸君は、三行読まぬうちにげろを吐くだろう。それは保証する。ところで、君、そんなふうの小説を書いてみないか。どうだ。

飛騨もまた葉蔵の顔を見れなかった。できるだけ器用に忍びあしを使い、葉蔵の枕元まで近寄っていったが、硝子戸のそとの雨脚をまじまじ眺めているだけであった。

葉蔵は、眼をひらいてうす笑いしながら声をかけた。「おどろいたろう。」

びっくりして、葉蔵の顔をちらと見たが、すぐ眼を伏せて答えた。「うん。」

「どうして知ったの？」

飛騨はためらった。右手をズボンのポケットから抜いてひろい顔を撫でまわしながら、真野へ、言ってもよいか、と眼でこっそり尋ねた。真野はまじめな顔をしてかすかに首を振った。

「新聞に出ていたのかい？」

「うん。」ほんとは、ラジオのニウスで知ったのである。

葉蔵は、飛騨の煮え切らぬそぶりを憎く思った。もっとうち解けて呉《く》れてもよいと思った。一夜あけたら、もんどり打って、おのれを異国人あつかいにしてしまったこの十年来の友が憎かった。葉蔵は、ふたたび眠ったふりをした。

飛騨は、手持ちぶさたげに床をスリッパでぱたぱたと叩いたりして、しばらく葉蔵の枕元に立っていた。

ドアが音もなくあき、制服を着た小柄な大学生が、ひょっくりその美しい顔を出した。飛驒はそれを見つけて、唸るほどほっとした。頰にのぼる微笑の影を、口もとゆがめて追いはらいながら、わざとゆったりした歩調でドアのほうへ行った。

「いま着いたの？」

「そう。」小菅は、葉蔵のほうを気にしつつ、せきこんで答えた。

小菅というのである。この男は、葉蔵と親戚であって、大学の法科に籍を置き、葉蔵とは三つもとしが違うのだけれど、それでも、へだてない友だちであった。あたらしい青年は、年齢にあまり拘泥せぬようである。冬休みで故郷へ帰っていたのだが、葉蔵のことを聞き、すぐ急行列車で飛んで来たのであった。ふたりは廊下へ出て立ち話をした。

「煤がついているよ。」

飛驒は、おおっぴらにげらげら笑って、小菅の鼻のしたを指さした。列車の煤煙が、そこにうっすりこびりついていた。

「そうか。」小菅は、あわてて胸のポケットからハンケチを取りだし、さっそく鼻のしたをこすった。「どうだい。どんな工合いだい。」

「大庭か？　だいじょうぶらしいよ。」

「そうか。——落ちたかい。」鼻のしたをぐっとのばして飛騨に見せた。

「落ちたよ。落ちたよ。うちでは大変な騒ぎだろう。」

ハンケチを胸のポケットにつっこみながら返事した。「うん。大騒ぎさ。お葬いみたいだったよ。」

「うちから誰か来るの？」

「兄さんが来る。親爺さんは、ほっとけ、と言ってる。」

「大事件だなあ。」飛騨はひくい額に片手をあてて呟いた。

「葉ちゃんは、ほんとに、よいのか。」

「案外、平気だ。あいつは、いつもそうなんだ。」

小菅は浮かれてでもいるように口角に微笑を含めて首かしげた。「どんな気持ちだろうな。」

「わからん。——大庭に逢ってみないか。」

「いいよ。逢ったって、話することもないし、それに、——こわいよ。」

ふたりは、ひくく笑いだした。

真野が病室から出て来た。

「聞えています。ここで立ち話をしないようにしましょうよ。」

「あ。そいつあ。」

飛騨は恐縮して、おおきいからだを懸命に小さくした。小菅は不思議そうなおももちで真野の顔を覗いていた。

「おふたりとも、あの、おひるの御飯は？」

「まだです。」ふたり一緒に答えた。

真野は顔を赤くして噴きだした。

三人がそろって食堂へ出掛けてから、葉蔵は起きあがった。雨にけむる沖を眺めたわけである。

「ここを過ぎて空濛《くうもう》の淵。」

それから最初の書きだしへ返るのだ。さて、われながら不手際である。だいいち僕は、このような時間のからくりを好かない。好かないけれど試みた。ここを過ぎて悲しみの市《まち》。僕は、このふだん口馴れた地獄の門の詠歎を、栄ある書きだしの一行にまつりあげたかったからである。ほかに理由はない。もしこの一行のために、僕の小説が失敗してしまったとて、僕は心弱くそれを抹殺する気はない。見得の切りついでにもう一言。あの一行を消すことは、僕のきょうまでの生活を消すことだ。

「思想だよ、君、マルキシズムだよ。」

この言葉は間が抜けて、よい。小菅がそれを言ったのである。したり顔にそう言って、ミルクの茶碗を持ち直した。

四方の板張りの壁には、白いペンキが塗られ、東側の壁には、院長の銅貨大の勲章を胸に三つ附けた肖像画が高く掛けられて、十脚ほどの細長いテエブルがそのしたにひっそり並んでいた。食堂は、がらんとしていた。飛騨と小菅は、東南の隅のテエブルに坐り、食事をとっていた。

「ずいぶん、はげしくやっていたよ。」小菅は声をひくめて語りつづけた。「弱いからだで、あんなに走りまわっていたのでは、死にたくもなるよ。」

「行動隊のキャップだろう。知っている。」飛騨はパンをもぐもぐ嚙みかえしつつ口をはさんだ。飛騨は博識ぶったのではない。左翼の用語ぐらい、そのころの青年なら誰でも知っていた。「しかし、――それだけでないさ。芸術家はそんなにあっさりしたものでないよ。」

食堂は暗くなった。雨がつよくなったのである。

小菅はミルクをひとくち飲んでから言った。「君は、ものを主観的にしか考えれないから駄目だな。そもそも、――そもそもだよ。人間ひとりの自殺には、本人の意識してない何か客観的な大きい原因がひそんでいるものだ、という。うちでは、みんな、女が原因だときめてしまっていたが、僕は、そうでないと言って置いた。女はただ、みちづれさ。別なおおきい原因があるのだ。うちの奴等はそれを知らない。君まで、変なことを言う。いかんぞ。」

飛驒は、あしもとの燃えているストオブの火を見つめながら呟いた。「女には、しかし、亭主が別にあったのだよ。」

ミルクの茶碗をしたに置いて小菅は応じた。「知ってるよ。そんなことは、なんでもないよ。葉ちゃんにとっては、屁でもないことさ。女に亭主があったから、心中するなんて、甘いじゃないか。」言いおわってから、頭のうえの肖像画を片眼つぶって狙って眺めた。「これが、ここの院長かい。」

「そうだろう。しかし、――ほんとうのことは、大庭でなくちゃわからんよ。」

「それあそうだ。」小菅は気軽く同意して、きょろきょろあたりを見廻した。「寒いなあ。君は、きょうここへ泊るかい。」

飛驒はパンをあわてて呑みくだして、首肯《うなず》いた。「泊る。」

青年たちはいつでも本気に議論をしない。お互いに相手の神経へふれまいふれまいと最大限度の注意をしつつ、おのれの神経をも大切にかばっている。むだな侮りを受けたくないのである。しかも、ひとたび傷つけば、相手を殺すかおのれが死ぬるか、きっとそこまで思いつめる。だから、あらそいをいやがるのだ。彼等は、よい加減なごまかしの言葉を数多く知っている。否という一言をさえ、十色くらいにはなんなく使いわけて見せるだろう。議論をはじめる先から、もう妥協の瞳を交しているのだ。そしておしまいに笑って握手しながら、腹のなかでお互いがともにともにこう呟く。低脳め！

さて、僕の小説も、ようやくぼけて来たようである。ここらで一転、パノラマ式の数齣《こま》を展開させるか。おおきいことを言うでない。なにをさせても無器用なお前が。ああ、うまく行けばよい。

翌《あく》る朝は、なごやかに晴れていた。海は凪いで、大島の噴火のけむりが、水平線の上に白くたちのぼっていた。よくない。僕は景色を書くのがいやなのだ。

い号室の患者が眼をさますと、病室は小春の日ざしで一杯であった。附添いの看護婦と、おはようを言い交し、すぐ朝の体温を計った。六度四分あった。それから、食前の日光浴をしにヴェランダへ出た。看護婦にそっと横腹をこ突かれるさきから、もはや、に号室のヴェランダを盗み見していたのである。きのうの新患者は、紺絣の袷《あわせ》をきちんと着て籐椅子に坐り、海を眺めていた。まぶしそうにふとい眉をひそめていた。そんなによい顔とも思えなかった。ときどき頰のガアゼを手の甲でかるく叩いていた。日光浴用の寝台に横《よこた》わって、薄目あけつつそれだけを観察してから、看護婦に本を持って来させた。ボヴァリイ夫人。ふだんはこの本を退屈がって、五六頁も読むと投げ出してしまったものであるが、きょうは本気に読みたかった。いま、これを読むのは、いかにもふさわしげであると思った。ぱらぱらとペエジを繰り、百頁のところあたりから読み始めた。よい一行を拾った。「エンマは、炬火《たいまつ》の光で、真夜中に嫁入りしたいと思った。」

ろ号室の患者も、眼覚めていた。日光浴をしにヴェランダへ出て、ふと葉蔵のすがたを見るなり、また病室へ駈けこんだ。わけもなく怖かった。すぐベッドへもぐり込んでしまったのである。附添いの母親は、笑いながら毛布をかけてやった。ろ号室の娘は、頭から毛布をひきかぶり、その小さい暗闇のなかで眼をかがやかせ、隣室の話声に耳傾けた。

「美人らしいよ。」それからしのびやかな笑い声が。

飛驒と小菅が泊っていたのである。その隣りの空いていた病室のひとつベッドにふたりで寝た。小菅がさきに眼を覚まし、その細ながい眼をしぶくあけてヴェランダへ出た。葉蔵のすこし気取ったポオズを横眼でちらと見てから、そんなポオズをとらせたもとを捜しに、くるっと左へ首をねじむけた。いちばん端のヴェランダでわかい女が本を読んでいた。女の寝台の背景は、苔のある濡れた石垣であった。小菅は、西洋ふうに肩をきゅっとすくめて、すぐ部屋へ引き返し、眠っている飛驒をゆり起した。

「起きろ。事件だ。」彼等は事件を捏造することを喜ぶ。「葉ちゃんの大ポオズ。」

彼等の会話には、「大」という形容詞がしばしば用いられる。退屈なこの世のなかに、
何か期待できる対象が欲しいからでもあろう。

飛驒は、おどろいてとび起きた。「なんだ。」

小菅は笑いながら教えた。

「少女がいるんだ。葉ちゃんが、それへ得意の横顔を見せているのさ。」

飛驒もはしゃぎだした。両方の眉をおおげさにぐっと上へはねあげて尋ねた。「美人か？」

「美人らしいよ。本の嘘読みをしている。」

飛驒は噴きだした。ベッドに腰かけたまま、ジャケツを着、ズボンをはいてから、叫んだ。

「よし、とっちめてやろう。」とっちめるつもりはないのである。これはただ陰口だ。彼等は親友の陰口をさえ平気で吐く。その場の調子にまかせるのである。「大庭のやつ、世界じゅうの女をみんな欲しがっているんだ。」

すこし経って、葉蔵の病室から大勢の笑い声がどっとおこり、その病棟の全部にひびき

渡った。い号室の患者は、本をぱちんと閉じて、葉蔵のヴェランダの方をいぶかしげに眺めた。ヴェランダには朝日を受けて光っている白い籐椅子がひとつのこされてあるきりで、誰もいなかった。その籐椅子を見つめながら、うつらうつらまどろんだ。ろ号室の患者は、笑い声を聞いて、ふっと毛布から顔を出し、枕元に立っている母親とおだやかな微笑を交した。へ号室の大学生は、笑い声で眼を覚ました。大学生には、附添いのひともなかったし、下宿屋ずまいのような、のんきな暮しをしているのであった。笑い声はきのうの新患者の室からなのだと気づいて、その蒼黒い顔をあからめた。笑い声を不謹慎とも思わなかった。恢復期の患者に特有の寛大な心から、むしろ葉蔵の元気のよいらしいのに安心したのである。

僕は三流作家でないだろうか。どうやら、うっとりしすぎたようである。パノラマ式などと柄でもないことを企て、とうとうこんなにやにさがった。いや、待ち給え。こんな失敗もあろうかと、まえもって用意していた言葉がある。美しい感情を以て、人は、悪い文学を作る。つまり僕の、こんなにうっとりしすぎたのも、僕の心がそれだけ悪魔的でないからである。ああ、この言葉を考え出した男にさいわいあれ。なんという重宝な言葉であろう。けれども作家は、一生涯のうちにたったいちどしかこの言葉を使われぬ。どうもそうらしい。いちどは、愛嬌である。もし君が、二度三度とくりかえして、この言葉を楯にとるなら、どうやら君はみじめなことになるらしい。

ベッドの傍のソファに飛驒と並んで坐っていた小菅は、そう言いむすんで、飛驒の顔と、葉蔵の顔と、それから、ドアに倚りかかって立っている真野の顔とを、順々に見まわし、みんな笑っているのを見とどけてから、満足げに飛驒のまるい右肩へぐったり頭をもたせかけた。彼等は、よく笑う。なんでもないことにでも大声たてて笑いこける。笑顔をつくることは、青年たちにとって、息を吐き出すのと同じくらい容易である。いつの頃からそんな習性がつき始めたのであろう。笑わなければ損をする。笑うべきどんな些細な対象をも見落すな。ああ、これこそ貪婪《どんらん》な美食主義のはかない片鱗ではなかろうか。けれども悲しいことには、彼等は腹の底から笑えない。笑いくずれながらも、おのれの姿勢を気にしている。彼等はまた、よくひとを笑わす。おのれを傷つけてまで、ひとを笑わせたがるのだ。それはいずれ例の虚無の心から発しているのであろうが、しかし、そのもういちまい底になにか思いつめた気がまえを推察できないだろうか。犠牲の魂。いくぶんなげやりであって、これぞという目的をも持たぬ犠牲の魂。彼等がたまたま、いままでの道徳律にはかってさえ美談と言い得る立派な行動をなすことのあるのは、すべてこのかくされた魂のゆえである。これらは僕の独断である。しかも書斎のなかの摸索でない。みんな僕自身の肉体から聞いた思念ではある。

葉蔵は、まだ笑っている。ベッドに腰かけて両脚をぶらぶら動かし、頬のガアゼを気にしいしい笑っていた。小菅の話がそんなにおかしかったのであろうか。彼等がどのような物語にうち興ずるかの一例として、ここへ数行を挿入しよう。小菅がこの休暇中、ふるさとのまちから三里ほど離れた山のなかの或る名高い温泉場へスキイをしに行き、そこの宿屋に一泊した。深夜、厠へ行く途中、廊下で同宿のわかい女とすれちがった。それだけのことである。しかし、これが大事件なのだ。小菅にしてみれば、鳥渡《ちょっと》すれちがっただけでも、その女のひとにおのれのただならぬ好印象を与えてやらなければ気がすまぬのである。別にどうしようというあてもないのだが、そのすれちがった瞬間に、彼はいのちを打ちこんでポオズを作る。人生へ本気になにか期待をもつ。その女のひととのあらゆる経緯を瞬間のうちに考えめぐらし、胸のはりさける思いをする。彼等は、そのような息づまる瞬間を、少くとも一日にいちどは経験する。だから彼等は油断をしない。ひとりでいるときにでも、おのれの姿勢を飾っている。小菅が、深夜、厠へ行ったそのときでさえ、おのれの新調の青い外套をきちんと着て廊下へ出たという。小菅がそのわかい女とすれちがったあとで、しみじみ、よかったと思った。外套を着て出てよかったと思った。ほっと溜息ついて、廊下のつきあたりの大きい鏡を覗《のぞ》いてみたら、失敗であった。外套のしたから、うす汚い股引をつけた両脚がにょっきと出ている。

「いやはや、」さすがに軽く笑いながら言うのであった。「股引はねじくれあがり、脚の毛がくろぐろと見えているのさ。顔は寝ぶくれにふくれて。」

葉蔵は、内心そんなに笑ってもいないのである。小菅のつくりばなしのようにも思われた。それでも大声で笑ってやった。友がきのうに変って、葉蔵へ打ち解けようと努めて呉れる、その気ごころに対する返礼のつもりもあって、ことさらに笑いこけてやったのである。葉蔵が笑ったので、飛騨も真野も、ここぞと笑った。

飛騨は安心してしまった。もうなんでも言えると思った。まだまだ、と抑えたりした。ぐずぐずしていたのである。

調子に乗った小菅が、かえって易々と言ってのけた。

「僕たちは、女じゃ失敗するよ。葉ちゃんだってそうじゃないか。」

葉蔵は、まだ笑いながら、首を傾けた。

「そうかなあ。」

「そうさ。死ねてはないよ。」

「失敗かなあ。」

飛驒は、うれしくてうれしくて、胸がときめきした。いちばん困難な石垣を微笑のうちに崩したのだ。こんな不思議な成功も、小菅のふとどきな人徳のおかげであろうと、この年少の友をぎゅっと抱いてやりたい衝動を感じた。

飛驒は、うすい眉をはればれとひらき、吃りつつ言いだした。

「失敗かどうかは、ひとくちに言えないと思うよ。だいいち原因が判らん。」まずいなあ、と思った。

すぐ小菅が助けて呉れた。「それは判ってる。飛驒と大議論をしたんだ。僕は思想の行きづまりからだと思うよ。飛驒はこいつ、もったいぶってね、他にある、なんて言うんだ。」間髪をいれず飛驒は応じた。「それもあるだろうが、それだけじゃないよ。つまり惚れていたのさ。いやな女と死ぬ筈がない。」

葉蔵になにも臆測されたくない心から、言葉をえらばずにいそいで言ったのであるが、それはかえっておのれの耳にさえ無邪気にひびいた。大出来だ、とひそかにほっとした。

葉蔵は長い睫を伏せた。虚傲《きょごう》。懶惰《らんだ》。阿諛《あゆ》。狡猾。悪徳の巣。疲労。忿怒。殺意。我利我利。脆弱。欺瞞。病毒。ごたごたと彼の胸をゆすぶった。言ってしまおうかと思った。わざとしょげかえって呟いた。

「ほんとうは、僕にも判らないのだよ。なにもかも原因のような気がして。」

「判る。判る。」小菅は葉蔵の言葉の終らぬさきから首肯いた。「そんなこともあるな。君、看護婦がいないよ。気をきかせたのかしら。」

僕はまえにも言いかけて置いたが、彼等の議論は、お互いの思想を交換するよりは、その場の調子を居心地よくととのうるためになされる。なにひとつ真実を言わぬ。けれども、しばらく聞いているうちには、思わぬ拾いものをすることがある。彼等の気取った言葉のなかに、ときどきびっくりするほど素直なひびきの感ぜられることがある。不用意にもらす言葉こそ、ほんとうらしいものをふくんでいるのだ。葉蔵はいま、なにもかも、と呟いたのであるが、これこそ彼がうっかり吐いてしまった本音ではなかろうか。彼等のこころのなかには、渾沌と、それから、わけのわからぬ反撥とだけがある。或いは、自尊心だけ、と言ってよいかも知れぬ。しかも細くとぎすまされた自尊心である。どのような微風にでもふるえおののく。侮辱を受けたと思いこむやいなや、死なん哉ともだえる。葉蔵がおのれの自殺の原因をたずねられて当惑するのも無理がないのである。――なにもかもである。

その日のひるすぎ、葉蔵の兄が青松園についた。兄は、葉蔵に似てないで、立派にふとっていた。袴をはいていた。

院長に案内され、葉蔵の病室のまえまで来たとき、部屋のなかの陽気な笑い声を聞いた。兄は知らぬふりをしていた。

「ここですか?」

「ええ。もう御元気です。」院長は、そう答えながらドアを開けた。

小菅がおどろいて、ベッドから飛びおりた。葉蔵のかわりに寝ていたのである。葉蔵と飛驒とは、ソファに並んで腰かけて、トランプをしていたのであったが、ふたりともいそいで立ちあがった。真野は、ベッドの枕元の椅子に坐って編物をしていたが、これも、間がわるそうにもじもじと編物の道具をしまいかけた。

「お友だちが来て下さいましたので、賑やかです。」院長はふりかえって兄へそう囁きつつ、葉蔵の傍へあゆみ寄った。「もう、いいですね。」

「ええ。」そう答えて、葉蔵は急にみじめな思いをした。

院長の眼は、眼鏡の奥で笑っていた。

「どうです。サナトリアム生活でもしませんか。」

葉蔵は、はじめて罪人のひけ目を覚えたのである。ただ微笑をもって答えた。

兄はそのあいだに、几帳面らしく真野と飛驒へ、お世話になりました、と言ってお辞儀をして、それから小菅へ真面目な顔で尋ねた。「ゆうべは、ここへ泊ったって?」

「そう。」小菅は頭を掻き掻き言った。「となりの病室があいていましたので、そこへ飛騨君とふたり泊めてもらいました。」

「じゃ今夜から私の旅籠《はたご》へ来給え。江の島に旅籠をとっています。飛騨さん、あなたも。」

「はあ。」飛騨はかたくなっていた。手にしている三枚のトランプを持てあましながら返事した。

兄は、なんでもなさそうにして葉蔵のほうを向いた。

「葉蔵、もういいか。」

「うん。」ことさらに、にがり切って見せながらうなずいた。

兄は、にわかに饒舌になった。

「飛騨さん。院長先生のお供をして、これからみんなでひるめしたべに出ましょうよ。私は、まだ江の島を見たことがないのですよ。先生に案内していただこうと思って。すぐ、出掛けましょう。自動車を待たせてあるのです。よいお天気だ。」

僕は後悔している。二人のおとなを登場させたばかりに、すっかり滅茶滅茶である。葉蔵と小菅と飛騨と、それから僕と四人かかってせっかくよい工合いにもりあげた、いっぷう変った雰囲気も、この二人のおとなのために、見るかげもなく萎えしなびた。僕はこの小説を雰囲気のロマンスにしたかったのである。はじめの数頁でぐるぐる渦を巻いた雰囲気をつくって置いて、それを少しずつのどかに解きほぐして行きたいと祈っていたのであった。不手際をかこちつつ、どうやらここまでは筆をすすめて来た。しかし、土崩瓦解である。

許して呉れ！　嘘だ。とぼけたのだ。みんな僕のわざとしたことなのだ。書いているうちに、その、雰囲気のロマンスなぞということが気はずかしくなって来て、僕がわざとぶちこわしたまでのことなのである。もしほんとうに土崩瓦解に成功しているのなら、それはかえって僕の思う壺だ。悪趣味。いまになって僕の心をくるしめているのはこの一言である。ひとをわけもなく威圧しようとするしつこい好みをそう呼ぶのなら、或いは僕のこんな態度も悪趣味であろう。僕は負けたくないのだ。腹のなかを見すかされたくなかったのだ。しかし、それは、はかない努力であろう。あ！　作家はみんなこういうものであろうか。告白するのにも言葉を飾る。僕はひとでなしでなかろうか。ほんとうの人間らしい生活が、僕にできるかしら。こう書きつつも僕は僕の文章を気にしている。

なにもかもさらけ出す。ほんとうは、僕はこの小説の一齣一齣の描写の間に、僕という男の顔を出させて、言わでものことをひとくさり述べさせたのにも、ずるい考えがあってのことなのだ。僕は、それを読者に気づかせずに、あの僕でもって、こっそり特異なニュアンスを作品にもりたかったのである。それは日本にまだないハイカラな作風であると自惚れていた。しかし、敗北した。いや、僕はこの敗北の告白をも、この小説のプランのなかにかぞえていた筈である。できれば僕は、もすこしあとでそれを言いたかった。いや、この言葉をさえ、僕ははじめから用意していたような気がする。ああ、もう僕を信ずるな。僕の言うことをひとことも信ずるな。

僕はなぜ小説を書くのだろう。新進作家としての栄光がほしいのか。もしくは金がほしいのか。芝居気を抜きにして答えろ。どっちもほしいと。ほしくてならぬと。ああ、僕はまだしらじらしい嘘を吐いている。このような嘘には、ひとはうっかりひっかかる。嘘のうちでも卑劣な嘘だ。僕はなぜ小説を書くのだろう。困ったことを言いだしたものだ。仕方がない。思わせぶりみたいでいやではあるが、仮に一言こたえて置こう。「復讐。」

つぎの描写へうつろう。僕は市場の芸術家である。芸術品ではない。僕のあのいやらしい告白も、僕のこの小説になにかのニュアンスをもたらして呉れたら、それはもっけのさいわいだ。

葉蔵と真野とがあとに残された。葉蔵は、ベッドにもぐり、眼をぱちぱちさせつつ考えごとをしていた。真野はソファに坐って、トランプを片づけていた。トランプの札を紫の紙箱におさめてから、言った。

「お兄さまでございますね。」

「ああ、」たかい天井の白壁を見つめながら答えた。「似ているかな。」

作家がその描写の対象に愛情を失うと、てきめんにこんなだらしない文章をつくる。いや、もう言うまい。なかなか乙な文章だよ。

「ええ。鼻が。」

葉蔵は、声をたてて笑った。葉蔵のうちのものは、祖母に似てみんな鼻が長かったのである。

「おいくつでいらっしゃいます。」真野も少し笑って、そう尋ねた。

「兄貴か？」真野のほうへ顔をむけた。「若いのだよ。三十四さ。おおきく構えて、いい気になっていやがる。」

真野は、ふっと葉蔵の顔を見あげた。眉をひそめて話しているのだ。あわてて眼を伏せた。

「兄貴は、まだあれでいいのだ。親爺が。」

言いかけて口を噤んだ。葉蔵はおとなしくしている。僕の身代りになって、妥協しているのである。

真野は立ちあがって、病室の隅の戸棚へ編物の道具をとりに行った。もとのように、また葉蔵の枕元の椅子に坐り、編物をはじめながら、真野もまた考えていた。思想でもない、恋愛でもない、それより一歩てまえの原因を考えていた。

　僕はもう何も言うまい。言えば言うほど、僕はなんにも言っていない。ほんとうに大切なことがらには、僕はまだちっとも触れていないような気がする。それは当前であろう。たくさんのことを言い落している。それも当前であろう。作家にはその作品の価値がわからぬというのが小説道の常識である。僕は、くやしいがそれを認めなければいけない。自分で自分の作品の効果を期待した僕は馬鹿であった。ことにその効果を口に出してなど言うべきでなかった。口に出して言ったとたんに、また別のまるっきり違った効果が生れる。その効果を凡《およ》そこうであろうと推察したとたんに、また新しい効果が飛び出す。僕は永遠にそれを追及してばかりいなければならぬ愚を演ずる。駄作かそれともまんざらでない出来栄か、僕はそれをさえ知ろうと思うまい。おそらくは、僕のこの小説は、僕の思いも及ばぬたいへんな価値を生むことであろう。これらの言葉は、僕はひとから聞いて得たものである。僕の肉体からにじみ出た言葉でない。それだからまた、たよりたい気にもなるのであろう。はっきり言えば、僕は自信をうしなっている。

　電気がついてから、小菅がひとりで病室へやって来た。はいるとすぐ、寝ている葉蔵の顔へおっかぶさるようにして囁いた。

「飲んで来たんだ。真野へ内緒だよ。」

それから、はっと息を葉蔵の顔へつよく吐きつけた。酒を飲んで病室へ出はいりすることは禁ぜられていた。

うしろのソファで編物をつづけている真野をちらと横眼つかって見てから、小菅は叫ぶようにして言った。「江の島をけんぶつして来たよ。よかったなあ。」そしてすぐまた声をひくめてささやいた。「嘘だよ。」

葉蔵は起きあがってベッドに腰かけた。

「いままで、ただ飲んでいたのか。いや、構わんよ。真野さん、いいでしょう？」

真野は編物の手をやすめずに、笑いながら答えた。「よくもないんですけれど。」

小菅はベッドの上へ仰向にころがった。

「院長と四人して相談さ。君、兄さんは策士だなあ。案外のやりてだよ。」

葉蔵はだまっていた。

「あす、兄さんと飛驒が警察へ行くんだ。すっかりかたをつけてしまうんだって。飛驒は馬鹿だなあ。昂奮していやがった。飛驒は、きょうむこうへ泊るよ。僕は、いやだから帰った。」

「僕の悪口を言っていたろう。」

「うん。言っていたよ。大馬鹿だと言ってる。此の後も、なにをしでかすか、判ったものじゃないと言ってた。しかし親爺もよくない、と附け加えた。真野さん、煙草を吸ってもいい？」

「ええ。」涙が出そうなのでそれだけ答えた。

「浪の音が聞えるね。——よき病院だな。」小菅は火のついてない煙草をくわえ、酔っぱらいらしくあらい息をしながらしばらく眼をつぶっていた。やがて、上体をむっくり起した。「そうだ。着物を持って来たんだ。そこへ置いたよ。」顎でドアの方をしゃくった。

葉蔵は、ドアの傍に置かれてある唐草の模様がついた大きい風呂敷包に眼を落し、やはり眉をひそめた。彼等は肉親のことを語るときには、いささか感傷的な面貌をつくる。けれども、これはただ習慣にすぎない。幼いときからの教育が、その面貌をつくりあげただけのことである。肉親と言えば財産という単語を思い出すのには変りがないようだ。「おふくろには、かなわん。」

「うん、兄さんもそう言ってる。お母さんがいちばん可愛そうだって。こうして着物の心配までして呉れるのだからな。ほんとうだよ、君。——真野さん、マッチない？」真野からマッチを受け取り、その箱に画かれてある馬の顔を頬ふくらませて眺めた。「君のいま着ているのは、院長から借りた着物だってね。」「これか？　そうだよ。院長の息子の着物さ。――兄貴は、その他にも何か言ったろうな。僕の悪口を。」「ひねくれるなよ。」煙草へ火を点じた。「兄さんは、わりに新らしいよ。君を判っているんだ。いや、そうでもないかな。苦労人ぶるよ、なかなか。君の、こんどのことの原因を、みんなで言い合ったんだが、そのときにね、おお笑いさ。」けむりの輪を吐いた。「兄さんの推測としてはだよ、これは葉蔵が放蕩をして金に窮したからだ。大真面目で言うんだよ。それとも、これは兄として言いにくいことだが、きっと恥かしい病気にでもかかって、やけくそになったのだろう。」酒でどろんと濁った眼を葉蔵にむけた。「どうだい。いや、案外こいつ。」

今宵は泊るのが小菅ひとりであるし、わざわざ隣りの病室を借りるにも及ぶまいと、みんなで相談して、小菅もおなじ病室に寝ることにきめた。小菅は葉蔵とならんでソファに寝た。緑色の天鵞絨《ビロード》が張られたそのソファには、仕掛がされてあって、あやしげながらベッドにもなるのであった。真野は毎晩それに寝ていた。きょうはその寝床を小菅に奪われたので病院の事務室から薄縁を借り、それを部屋の西北の隅に敷いた。そこはちょうど葉蔵の足の真下あたりであった。それから真野は、どこから見つけて来たものか、二枚折のひくい屏風でもってそのつつましい寝所をかこったのである。

「用心ぶかい。」小菅は寝ながら、その古ぼけた屏風を見て、ひとりでくすくす笑った。

「秋の七草が画れてあるよ。」

真野は、葉蔵の頭のうえの電燈を風呂敷で包んで暗くしてから、おやすみなさいを二人に言い、屏風のかげにかくれた。

葉蔵は寝ぐるしい思いをしていた。

「寒いな。」ベッドのうえで輾転《てんてん》した。

「うん。」小菅も口をとがらせて合槌うった。「酔がさめちゃった。」

真野は軽くせきをした。「なにかお掛けいたしましょうか。」

葉蔵は眼をつむって答えた。

「僕か？　いいよ。寝ぐるしいんだ。波の音が耳について。」

小菅は葉蔵をふびんだと思った。それは全く、おとなの感情である。言うまでもないことだろうけれど、ふびんなのはここにいるこの葉蔵ではなしに、葉蔵とおなじ身のうえにあったときの自分、もしくはその身のうえの一般的な抽象である。おとなは、そんな感情にうまく訓練されているので、たやすく人に同情する。そして、おのれの涙もろいことに自負を持つ。青年たちもまた、ときどきそのような安易な感情にひたることがある。おとなはそんな訓練を、まず好意的に言って、おのれの生活との妥協から得たものとすれば、青年たちは、いったいどこから覚えこんだものか。このようなくだらない小説から？

「真野さん、なにか話を聞かせてよ。面白い話がない？」

葉蔵の気持ちを転換させてやろうというおせっかいから、小菅は真野へ甘ったれた。

「さあ。」真野は屛風のかげから、笑い声と一緒にただそう答えてよこした。

「すごい話でもいいや。」彼等はいつも、戦慄したくてうずうずしている。

真野は、なにか考えているらしく、しばらく返事をしなかった。

「秘密ですよ。」そうまえおきをして、声しのばせて笑いだした。「怪談でございますよ。小菅さん、だいじょうぶ？」

「ぜひ、ぜひ。」本気だった。

真野が看護婦になりたての、十九の夏のできごと。やはり女のことで自殺を謀った青年が、発見されて、ある病院に収容され、それへ真野が附添った。患者は薬品をもちいているのであった。からだいちめんに、紫色の斑点がちらばっていた。助かる見込がなかったのである。夕方いちど、意識を恢復した。そのとき患者は、窓のそとの石垣を伝ってあそんでいるたくさんの小さい磯蟹を見て、きれいだなあ、と言った。その辺の蟹は生きながらに甲羅が赤いのである。なおったら捕って家へ持って行くのだ、と言い残してまた意識をうしなった。その夜、患者は洗面器へ二杯、吐きものをして死んだ。国元から身うちのものが来るまで、真野はその病室に青年とふたりでいた。一時間ほどは、がまんして病室のすみの椅子に坐っていた。うしろに幽かな物音を聞いた。じっとしていると、また聞えた。こんどは、はっきり聞えた。足音らしいのである。思い切って振りむくと、すぐうしろに赤い小さな蟹がいた。真野はそれを見つめつつ、泣きだした。

「不思議ですわねえ。ほんとうに蟹がいたのでございますの。生きた蟹。私、そのときは、看護婦をよそうと思いましたわ。私がひとり働かなくても、うちではけっこう暮してゆけるのですし。お父さんにそう言って、うんと笑われましたけれど。――小菅さん、どう？」

「すごいよ。」小菅は、わざとふざけたようにして叫ぶのである。「その病院ていうのは？」

真野はそれに答えず、ごそもそと寝返りをうって、ひとりごとのように呟いた。

「私ね、大庭さんのときも、病院からの呼び出しを断ろうかと思いましたのよ。こわかったですからねえ。でも、来て見て安心しましたわ。このとおりのお元気で、はじめから御不浄へ、ひとりで行くなんておっしゃるんでございますもの。」

「いや、病院さ。ここの病院じゃないかね。」

　真野は、すこし間を置いて答えた。

「ここです。ここなんでございますのよ。でも、それは秘密にして置いて下さいましね。信用にかかわりましょうから。」

　葉蔵は寝とぼけたような声を出した。「まさか、この部屋じゃないだろうな。」

「いいえ。」

「まさか、」小菅も口真似した。「僕たちがゆうべ寝たベッドじゃないだろうな。」

　真野は笑いだした。

「いいえ。だいじょうぶでございますわよ。そんなにお気になさるんだったら、私、言わなければよかった。」

「い号室だ。」小菅はそっと頭をもたげた。「窓から石垣の見えるのは、あの部屋よりほかにないよ。い号室だ。君、少女のいる部屋だよ。可愛そうに。」

「お騒ぎなさらず、おやすみなさいましよ。嘘なんですよ。つくり話なんですよ。」

　葉蔵は別なことを考えていた。園の幽霊を思っていたのである。美しい姿を胸に画いていた。葉蔵は、しばしばこのようにあっさりしている。彼等にとって神という言葉は、間の抜けた人物に与えられる揶揄と好意のまじったなんでもない代名詞にすぎぬのだが、それは彼等があまりに神へ接近しているからかも知れぬ。こんな工合いに軽々しく所謂「神の問題」にふれるなら、きっと諸君は、浅薄とか安易とかいう言葉でもってきびしい非難をするであろう。ああ、許し給え。どんなまずしい作家でも、おのれの小説の主人公をひそかに神へ近づけたがっているものだ。されば、言おう。彼こそ神に似ている。寵愛の鳥、梟《ふくろう》を黄昏の空に飛ばしてこっそり笑って眺めている智慧の女神のミネルヴァに。

翌る日、朝から療養院がざわめいていた。雪が降っていたのである。療養院の前庭の千本ばかりのひくい磯馴松《そなれまつ》がいちように雪をかぶり、そこからおりる三十いくつの石の段々にも、それへつづく砂浜にも、雪がうすく積っていた。降ったりやんだりしながら、雪は昼頃までつづいた。

葉蔵は、ベッドの上で腹這いになり、雪の景色をスケッチしていた。木炭紙と鉛筆を真野に買わせて、雪のまったく降りやんだころから仕事にかかったのである。

病室は雪の反射であかるかった。小菅はソファに寝ころんで、雑誌を読んでいた。ときどき葉蔵の画を、首すじのばして覗いた。芸術というものに、ぼんやりした畏敬を感じているのであった。それは、葉蔵ひとりに対する信頼から起った感情である。小菅は幼いときから葉蔵を見て知っていた。いっぷう変っていると思っていた。一緒に遊んでいるうちに、葉蔵のその変りかたをすべて頭のよさであると独断してしまった。おしゃれで嘘のうまい好色な、そして残忍でさえあった葉蔵を、小菅は少年のころから好きだったのである。殊に学生時代の葉蔵が、その教師たちの陰口をきくときの燃えるような瞳を愛した。しかし、その愛しかたは、飛驒なぞとはちがって、観賞の態度であった。つまり利巧だったのである。ついて行けるところまではついて行き、そのうちに馬鹿らしくなり身をひるがえして傍観する。これが小菅の、葉蔵や飛驒よりも更になにやら新しいところなのであろう。小菅が芸術をいささかでも畏敬しているとすれば、それは、れいの青い外套を着て身じまいをただすのとそっくり同じ意味であって、この白昼つづきの人生になにか期待の対象を感じたい心からである。葉蔵ほどの男が、汗みどろになって作り出すのであるから、きっとただならぬものにちがいない。ただ軽くそう思っている。その点、やはり葉蔵を信頼しているのだ。けれども、ときどきは失望する。いま、小菅が葉蔵のスケッチを盗み見しながらも、がっかりしている。木炭紙に画かれてあるものは、ただ海と島の景色である。それも、ふつうの海と島である。

小菅は断念して、雑誌の講談に読みふけった。病室は、ひっそりしていた。

真野は、いなかった。洗濯場で、葉蔵の毛のシャツを洗っているのだ。葉蔵は、このシャツを着て海へはいった。磯の香がほのかにしみこんでいた。

午後になって、飛騨が警察から帰って来た。いきおい込んで病室のドアをあけた。

「やあ、」葉蔵がスケッチしているのを見て、大袈裟に叫んだ。「やってるな。いいよ。芸術家は、やっぱり仕事をするのが、つよみなんだ。」

そう言いつつベッドへ近寄り、葉蔵の肩越しにちらと画を見た。葉蔵は、あわててその木炭紙を二つに折ってしまった。それを更にまた四つに折り畳みながら、はにかむようにして言った。

「駄目だよ。しばらく画かないでいると、頭ばかり先になって。」

飛騨は外套を着たままで、ベッドの裾へ腰かけた。

「そうかも知れんな。あせるからだ。しかし、それでいいんだよ。芸術に熱心だからなのだ。まあ、そう思うんだな。——いったい、どんなのを画いたの?」

葉蔵は頬杖ついたまま、硝子戸のそとの景色を顎でしゃくった。

「海を画いた。空と海がまっくろで、島だけが白いのだ。画いているうちに、きざな気がして止した。趣向がだいいち素人くさいよ。」

「いいじゃないか。えらい芸術家は、みんなどこか素人くさい。それでよいんだ。はじめ素人で、それから玄人になって、それからまた素人になる。またロダンを持ち出すが、あいつは素人のよさを覘《ねら》った男だ。いや、そうでもないかな。」

「僕は画をよそうと思うのだ。」葉蔵は折り畳んだ木炭紙を懐にしまいこんでから、飛騨の話へおっかぶせるようにして言った。「画は、まだるっこくていかんな。彫刻だってそうだよ。」

飛騨は長い髪を掻きあげて、たやすく同意した。「そんな気持ちも判るな。」

「できれば、詩を書きたいのだ。詩は正直だからな。」

「うん。詩も、いいよ。」

「しかし、やっぱりつまらないかな。」なんでもかでもつまらなくしてやろうと思った。「僕にいちばんむくのはパトロンになることかも知れない。金をもうけて、飛騨みたいなよい芸術家をたくさん集めて、可愛がってやるのだ。それは、どうだろう。芸術なんて、恥かしくなった。」やはり頬杖ついて海を眺めながら、そう言い終えて、おのれの言葉の反応をしずかに待った。

「わるくないよ。それも立派な生活だと思うな。そんなひともなくちゃいけないね。じっさい。」言いながら飛騨は、よろめいていた。なにひとつ反駁できぬおのれが、さすがに幇間じみているように思われて、いやであった。彼の所謂、芸術家としての誇りは、ようやくここまで彼を高めたわけかも知れない。飛騨はひそかに身構えた。このつぎの言葉を！

「警察のほうは、どうだったい。」

小菅がふいと言い出した。あたらずさわらずの答を期待していたのである。

飛驒の動揺はその方へはけぐちを見つけた。

「起訴さ。自殺幇助罪という奴だ。」言ってから悔いた。ひどすぎたと思った。「だが、けっきょく、起訴猶予になるだろうよ。」

小菅は、それまでソファに寝そべっていたのをむっくり起きあがって、手をぴしゃっと拍った。「やっかいなことになったぞ。」茶化してしまおうと思ったのである。しかし駄目であった。

葉蔵はからだを大きく捻って、仰向になった。

ひと一人を殺したあとらしくもなく、彼等の態度があまりにのんきすぎると忿懣を感じていたらしい諸君は、ここにいたってはじめて快哉を叫ぶだろう。ざまを見ろと。しかし、それは酷である。なんの、のんきなことがあるものか。つねに絶望のとなりにいて、傷つき易い道化の華を風にもあてずつくっているこのもの悲しさを君が判って呉れたならば！

飛驒はおのれの一言の効果におろおろして、葉蔵の足を蒲団のうえから軽く叩いた。

「だいじょうぶだよ。だいじょうぶだよ。」

小菅は、またソファに寝ころんだ。

「自殺幇助罪か。」なおも、つとめてはしゃぐのである。「そんな法律もあったかなあ。」

葉蔵は足をひっこめながら言った。

「あるさ。懲役ものだ。君は法科の学生のくせに。」

飛驒は、かなしく微笑んだ。

「だいじょうぶだよ。兄さんが、うまくやっているよ。兄さんは、あれで、有難いところがあるな。とても熱心だよ。」

「やりてだ。」小菅はおごそかに眼をつぶった。「心配しなくてよいかも知れんな。なかなかの策士だから。」

「馬鹿。」飛驒は噴きだした。

ベッドから降りて外套を脱ぎ、ドアのわきの釘へそれを掛けた。

「よい話を聞いたよ。」ドアちかくに置かれてある瀬戸の丸火鉢にまたがって言った。「女のひとのつれあいがねえ、」すこし躊躇してから、眼を伏せて語りつづけた。「そのひとが、きょう警察へ来たんだ。兄さんとふたりで話をしたんだけれどねえ、あとで兄さんからそのときの話を聞いて、ちょっと打たれたよ。金は一文も要らない、ただその男のひとに逢いたい、と言うんだそうだ。兄さんは、それを断った。病人はまだ昂奮しているから、と言って断った。するとそのひとは、情ない顔をして、それでは弟さんによろしく言って呉れ、私たちのことは気にかけず、からだを大事にして、――」口を噤んだ。おのれの言葉に胸がわくわくして来たのである。そのつれあいのひとが、いかにも失業者らしくまずしい身なりをしていたと、軽侮のうす笑いをさえまざまざ口角に浮べつつ話して聞かせた葉蔵の兄へのこらえにこらえた鬱憤から、ことさらに誇張をまじえて美しく語ったのであった。

「逢わせればよいのだ。要らないおせっかいをしやがる。」葉蔵は、右の掌を見つめていた。

飛驒は大きいからだをひとつゆすった。

「でも、――逢わないほうがいいんだ。やっぱり、このまま他人になってしまったほうがいいんだ。もう東京へ帰ったよ。兄さんが停車場まで送って行って来たのだ。兄さんは二百円の香奠《こうでん》をやったそうだよ。これからはなんの関係もない、という証文みたいなものも、そのひとに書いてもらったんだ。」

「やりてだなあ。」小菅は薄い下唇を前へ突きだした。「たった二百円か。たいしたものだよ。」

飛驒は、炭火のほてりでてらてら油びかりしだした丸い顔を、けわしくしかめた。彼等は、おのれの陶酔に水をさされることを極端に恐れる。それゆえ、相手の陶酔をも認めてやる。努めてそれへ調子を合せてやる。それは彼等のあいだの黙契である。小菅はいまそれを破っている。小菅には、飛驒がそれほど感激しているとは思えなかったのだ。そのつれあいのひとの弱さが歯がゆかったし、それへつけこむ葉蔵の兄も兄だ、と相変らずの世間の話として聞いていたのである。

飛驒はぶらぶら歩きだし、葉蔵の枕元のほうへやって来た。硝子戸に鼻先をくっつけるようにして、曇天のしたの海を眺めた。

「そのひとがえらいのさ。兄さんがやりてだからじゃないよ。そんなことはないと思うなあ。えらいんだよ。人間のあきらめの心が生んだ美しさだ。けさ火葬したのだが、骨壺を抱いてひとりで帰ったそうだ。汽車に乗ってる姿が眼にちらつくよ。」

小菅は、やっと了解した。すぐ、ひくい溜息をもらすのだ。「美談だなあ。」

「美談だろう? いい話だろう?」飛驒は、くるっと小菅のほうへ顔をねじむけた。気嫌を直したのである。「僕は、こんな話に接すると、生きているよろこびを感ずるのさ。」

思い切って、僕は顔を出す。そうでもしないと、僕はこのうえ書きつづけることができぬ。この小説は混乱だらけだ。僕自身がよろめいている。葉蔵をもてあまし、小菅をもてあまし、飛驒をもてあました。彼等は、僕の稚拙な筆をもどかしがり、勝手に飛翔する。

僕は彼等の泥靴にとりすがって、待て待てとわめく。ここらで陣容を立て直さぬことには、だいいち僕がたまらない。

どだいこの小説は面白くない。姿勢だけのものである。こんな小説なら、いちまい書くも百枚書くもおなじだ。しかしそのことは始めから覚悟していた。書いているうちに、なにかひとつぐらい、むきなものが出るだろうと楽観していた。僕はきざだ。きざではあるが、なにかひとつぐらい、いいとこがあるまいか。僕はおのれの調子づいた臭い文章に絶望しつつ、なにかひとつぐらいなにかひとつぐらいとそればかりを、あちこちひっくりかえして捜した。そのうちに、僕はじりじり硬直をはじめた。くたばったのだ。ああ、小説は無心に書くに限る！　美しい感情を以て、人は、悪い文学を作る。なんという馬鹿な。この言葉に最大級のわざわいあれ。うっとりしてなくて、小説など書けるものか。ひとつの言葉、ひとつの文章が、十色くらいのちがった意味をもっておのれの胸へはねかえって来るようでは、ペンをへし折って捨てなければならぬ。葉蔵にせよ、飛驒にせよ、また小菅にせよ、何もあんなにことごとしく気取って見せなくてよい。どうせおさとは知れているのだ。あまくなれ、あまくなれ。無念無想。

その夜、だいぶ更けてから、葉蔵の兄が病室を訪れた。葉蔵は飛驒と小菅と三人で、トランプをして遊んでいた。きのう兄がここへはじめて来たときにも、彼等はトランプをしていた筈である。けれども彼等はいちにちいっぱいトランプをいじくってばかりいるわけでない。むしろ彼等は、トランプをいやがっている程なのだ。よほど退屈したときでなければ持ち出さぬ。それも、おのれの個性を充分に発揮できないようなゲエムはきっと避ける。手品を好む。さまざまなトランプの手品を自分で工夫してやって見せる。そしてわざとその種を見やぶらせてやる。笑う。それからまだある。トランプの札をいちまい伏せて、さあ、これはなんだ、とひとりが言う。スペエドの女王。クラブの騎士。それぞれがおもいおもいに趣向こらした出鱈目を述べる。札をひらく。当ったためしのないのだが、それでもいつかはぴったり当るだろう、と彼等は考える。あたったら、どんなに愉快だろう。つまり彼等は、長い勝負がいやなのだ。いちかばち。ひらめく勝負が好きなのだ。だから、トランプを持ち出しても、十分とそれを手にしていない。一日に十分間。そのみじかい時間に兄が二度も来合せた。

兄は病室へはいって来て、ちょっと眉をひそめた。いつものんきにトランプだ、と考えちがいしたのである。このような不幸は人生にままある。葉蔵は美術学校時代にも、これと同じような不幸を感じたことがある。いつかのフランス語の時間に、彼は三度ほどあくびをして、その瞬間瞬間に教授と視線が合った。たしかにたった三度であった。日本有数のフランス語学者であるその老教授は、三度目に、たまりかねたようにして、大声で言った。「君は、僕の時間にはあくびばかりしている。一時間に百回あくびをする。」教授には、そのあくびの多すぎる回数を事実かぞえてみたような気がしているらしかった。

ああ、無念無想の結果を見よ。僕は、とめどもなくだらだらと書いている。更に陣容を立て直さなければいけない。無心に書く境地など、僕にはとても企て及ばぬ。いったいこれは、どんな小説になるのだろう。はじめから読み返してみよう。

僕は、海浜の療養院を書いている。この辺は、なかなか景色がよいらしい。それに療養院のなかのひとたちも、すべて悪人でない。ことに三人の青年は、ああ、これは僕たちの英雄だ。これだな。むずかしい理窟はくそにもならぬ。僕はこの三人を、主張しているだけだ。よし、それにきまった。むりにもきめる。なにも言うな。

兄は、みんなに軽く挨拶した。それから飛騨へなにか耳打ちした。飛騨はうなずいて、小菅と真野へ目くばせした。

三人が病室から出るのを待って、兄は言いだした。

「電気がくらいな。」

「うん。この病院じゃ明るい電気をつけさせないのだ。坐らない？」

葉蔵がさきにソファへ坐って、そう言った。

「ああ。」兄は坐らずに、くらい電球を気がかりらしくちょいちょいふり仰ぎつつ、狭い病室のなかをあちこちと歩いた。「どうやら、こっちのほうだけは、片づいた。」

「ありがとう。」葉蔵はそれを口のなかで言って、こころもち頭をさげた。

「私はなんとも思っていないよ。だが、これから家へ帰るとまたうるさいのだ。」きょうは袴をはいていなかった。黒い羽織には、なぜか羽織紐がついてなかった。「私も、できるだけのことはするが、お前からも親爺へよい工合いに手紙を出したほうがいい。お前たちは、のんきそうだが、しかし、めんどうな事件だよ。」

葉蔵は返事をしなかった。ソファにちらばっているトランプの札をいちまい手にとって見つめていた。

「出したくないなら、出さなくていい。あさって、警察へ行くんだ。警察でも、いままで、わざわざ取調べをのばして呉れていたのだ。きょうは私と飛驒とが証人として取調べられた。ふだんのお前の素行をたずねられたから、おとなしいほうでしたと答えた。思想上になにか不審はなかったか、と聞かれて、絶対にありません。」

兄は歩きまわるのをやめて、葉蔵のまえの火鉢に立ちはだかり、おおきい両手を炭火のうえにかざした。葉蔵はその手のこまかくふるえているのをぼんやり見ていた。

「女のひとのことも聞かれた。全然知りません、と言って置いた。飛驒もだいたい同じことを訊問されたそうだ。私の答弁と符合したらしいよ。お前も、ありのままを言えばいい。」

葉蔵には兄の言葉の裏が判っていた。しかし、そしらぬふりをしていた。

「要らないことは言わなくていい。聞かれたことだけをはっきり答えるのだ。」

「起訴されるのかな。」葉蔵はトランプの札の縁を右手のひとさし指で撫でまわしながらひくく呟いた。

「判らん。それは判らん。」語調をつよめてそう言った。「どうせ四五日は警察へとめられると思うから、その用意をして行け。あさっての朝、私はここへ迎えに来る。一緒に警察へ行くんだ。」

兄は、炭火へ瞳をおとして、しばらく黙った。雪解けの雫のおとが浪の響にまじって聞えた。

「こんどの事件は事件として、」だしぬけに兄はぽつんと言いだした。それから、なにげなさそうな口調ですらすら言いつづけた。「お前も、ずっと将来のことを考えて見ないといけないよ。家にだって、そうそう金があるわけでないからな。ことしは、ひどい不作だよ。お前に知らせたってなんにもならぬだろうが、うちの銀行もいま危くなっているし、たいへんな騒ぎだよ。お前は笑うかも知れないが、芸術家でもなんでも、だいいちばんに生活のことを考えなければいけないと思うな。まあ、これから生れ変ったつもりで、ひとふんぱつしてみるといい。私は、もう帰ろう。飛驒も小菅も、私の旅籠へ泊めるようにしたほうがいい。ここで毎晩さわいでいては、まずいことがある。」

「僕の友だちはみんなよいだろう？」

葉蔵は、わざと真野のほうへ脊をむけて寝ていた。その夜から、真野がもとのように、ソファのベッドへ寝ることになったのである。

「ええ。——小菅さんとおっしゃるかた、」しずかに寝がえりを打った。「面白いかたですわねえ。」

「ああ。あれで、まだ若いのだよ。僕と三つちがうのだから、二十二だ。僕の死んだ弟と同じとしだ。あいつ、僕のわるいとこばかり真似していやがる。飛驒はえらいのだ。もうひとりまえだよ。しっかりしている。」しばらく間を置いて、小声で附け加えた。「僕がこんなことをやらかすたんびに一生懸命で僕をいたわるのだ。僕たちにむりして調子を合せているのだよ。ほかのことにはつよいが僕たちにだけおどおどするのだ。だめだ。」

真野は答えなかった。

「あの女のことを話してあげようか。」

やはり真野へ脊をむけたまま、つとめてのろのろとそう言った。なにか気まずい思いをしたときに、それを避ける法を知らず、がむしゃらにその気まずさを徹底させてしまわなければかなわぬ悲しい習性を葉蔵は持っていた。

「くだらん話なんだよ。」真野がなんとも言わぬさきから葉蔵は語りはじめた。「もう誰から聞いただろう。園というのだ。銀座のバアにつとめていたのさ。ほんとうに、僕はそのバアへ三度、いや四度しか行かなかったよ。飛驒も小菅もこの女のことだけは知らなかったのだからな。僕も教えなかったし。」よそうか。「くだらない話だよ。女は生活の苦しみのために死んだのだ。死ぬる間際まで、僕たちは、お互いにまったくちがったことを考えていたらしい。園は海へ飛び込むまえに、あなたはうちの先生に似ているなあ、なんて言いやがった。内縁の夫があったのだよ。二三年まえまで小学校の先生をしていたのだって。僕は、どうして、あのひとと死のうとしたのかなあ。やっぱり好きだったのだろうね。」もう彼の言葉を信じてはいけない。彼等は、どうしてこんなに自分を語るのが下手なのだろう。「僕は、これでも左翼の仕事をしていたのだよ。ビラを撒いたり、デモをやったり、柄にないことをしていたのさ。滑稽だ。でも、ずいぶんつらかったよ。われは先覚者なりという栄光にそそのかされただけのことだ。柄じゃないのだ。どんなにもがいても、崩れて行くだけじゃないか。僕なんかは、いまに乞食になるかも知れないね。家が破産でもしたら、その日から食うに困るのだもの。なにひとつ仕事ができないし、まあ、乞食だろうな。」ああ、言えば言うほどおのれが嘘つきで不正直な気がして来るこの大きな不幸！「僕は宿命を信じるよ。じたばたしない。ほんとうは僕、画をかきたいのだ。むしょうにかきたいよ。」頭をごしごし掻いて、笑った。「よい画がかけたらねえ。」

よい画がかけたらねえ、と言った。しかも笑ってそれを言った。青年たちは、むきになっては、何も言えない。ことに本音を、笑いでごまかす。

夜が明けた。空に一抹の雲もなかった。きのうの雪はあらかた消えて、松のしたかげや石の段々の隅にだけ、鼠いろして少しずつのこっていた。海には靄《もや》がいっぱい立ちこめ、その靄の奥のあちこちから漁船の発動機の音が聞えた。

院長は朝はやく葉蔵の病室を見舞った。葉蔵のからだをていねいに診察してから、眼鏡の底の小さい眼をぱちぱちさせて言った。

「たいていだいじょうぶでしょう。でも、お気をつけてね。警察のほうへは私からもよく申して置きます。まだまだ、ほんとうのからだではないのですから。真野君、顔の絆創膏は剝いでいいだろう。」

真野はすぐ、葉蔵のガアゼを剝ぎとった。傷はなおっていた。かさぶたさえとれて、ただ赤白い斑点になっていた。

「こんなことを申しあげると失礼でしょうけれど、これからはほんとうに御勉強なさるように。」

院長はそう言って、はにかんだような眼を海へむけた。

葉蔵もなにやらばつの悪い思いをした。ベッドのうえに坐ったまま、脱いだ着物をまた着なおしながら黙っていた。

そのとき高い笑い声とともにドアがあき、飛驒と小菅が病室へころげこむようにしてはいって来た。みんなおはようを言い交した。院長もこのふたりに、朝の挨拶をして、それから口ごもりつつ言葉を掛けた。

「きょういちにちです。お名残りおしいですな。」

院長が去ってから、小菅がいちばんさきに口を切った。

「如才がないな。蛸みたいなつらだ。」彼等はひとの顔に興味を持つ。顔でもって、そのひとの全部の価値をきめたがる。「食堂にあのひとの画があるよ。勲章をつけているんだ。」

「まずい画だよ。」

飛驒は、そう言い捨ててヴェランダへ出た。きょうは兄の着物を借りて着ていた。茶色のどっしりした布地であった。襟もとを気にしいしいヴェランダの椅子に腰かけた。

「飛驒もこうして見ると、大家の風貌があるな。」小菅もヴェランダへ出た。「葉ちゃん。トランプしないか。」

ヴェランダへ椅子をもち出して三人は、わけのわからぬゲエムを始めたのである。勝負のなかば、小菅は真面目に呟いた。

「飛驒は気取ってるねえ。」

「馬鹿。君こそ。なんだその手つきは。」

三人はくつくつ笑いだし、いっせいにそっと隣りのヴェランダを盗み見た。い号室の患者も、ろ号室の患者も、日光浴用の寝台に横わっていて、三人の様子に顔をあかくして笑っていた。

「大失敗。知っていたのか。」

小菅は口を大きくあけて、葉蔵へ目くばせした。三人は、思いきり声をたてて笑い崩れた。彼等は、しばしばこのような道化を演ずる。トランプしないか、と小菅が言い出すと、もはや葉蔵も飛驒もそのかくされたもくろみをのみこむのだ。幕切れまでのあらすじをちゃんと心得ているのである。彼等は天然の美しい舞台装置を見つけると、なぜか芝居をしたがるのだ。それは、紀念の意味かも知れない。この場合、舞台の背景は、朝の海である。けれども、このときの笑い声は、彼等にさえ思い及ばなかったほどの大事件を生んだ。真野がその療養院の看護婦長に叱られたのである。笑い声が起って五分も経たぬうちに真野が看護婦長の部屋に呼ばれ、お静かになさいとずいぶんひどく叱られた。泣きだしそうにしてその部屋から飛び出し、トランプよして病室でごろごろしている三人へ、このことを知らせた。

三人は、痛いほどしたたかにしょげて、しばらくただ顔を見合せていた。彼等の有頂天な狂言を、現実の呼びごえが、よせやいとせせら笑ってぶちこわしたのだ。これは、ほとんど致命的でさえあり得る。

「いいえ、なんでもないんです。」真野は、かえってはげますようにして言った。「この病棟には、重症患者がひとりもいないのですし、それにきのうも、ろ号室のお母さまが私と廊下で逢ったとき、賑やかでいいとおっしゃって、喜んで居られましたのよ。毎日、私たちはあなたがたのお話を聞いて笑わされてばかりいるって、そうおっしゃったわ。いいんですのよ。かまいません。」

「いや、」小菅はソファから立ちあがった。「よくないよ。僕たちのおかげで君が恥かいたんだ。婦長のやつ、なぜ僕たちに直接言わないのだ。ここへ連れて来いよ。僕たちをそんなにきらいなら、いますぐにでも退院させればいい。いつでも退院してやる。」

三人とも、このとっさの間に、本気で退院の腹をきめた。殊にも葉蔵は、自動車に乗って海浜づたいに遁走して行くはればれしき四人のすがたをはるかに思った。

飛驒もソファから立ちあがって、笑いながら言った。「やろうか。みんなで婦長のところへ押しかけて行こうか。僕たちを叱るなんて、馬鹿だ。」

「退院しようよ。」小菅はドアをそっと蹴った。「こんなけちな病院は、面白くないや。叱るのは構わないよ。しかし、叱る以前の心持ちがいやなんだ。僕たちをなにか不良少年みたいに考えていたにちがいないのさ。頭がわるくてブルジョア臭いぺらぺらしたふつうのモダンボーイだと思っているんだ。」

言い終えて、またドアをまえよりすこし強く蹴ってやった。それから、堪えかねたようにして噴きだした。

葉蔵はベッドへどしんと音たてて寝ころがった。「それじゃ、僕なんかは、さしずめ色白な恋愛至上主義者というようなところだ。もう、いかん。」

彼等は、この野蛮人の侮辱に、尚もはらわたの煮えくりかえる思いをしているのだが、さびしく思い直して、それをよい加減に茶化そうと試みる。彼等はいつもそうなのだ。

けれども真野は率直だった。ドアのわきの壁に、両腕をうしろへまわしてよりかかり、めくれあがった上唇をことさらにきゅっと尖らせて言うのであった。

「そうなんでございますのよ。ずいぶんですわ。ゆうべだって、婦長室へ看護婦をおおぜいあつめて、歌留多なんかして大さわぎだったくせに。」

「そうだ。十二時すぎまできゃっきゃっ言っていたよ。ちょっと馬鹿だな。」

葉蔵はそう呟きつつ、枕元に散らばってある木炭紙をいちまい拾いあげ、仰向に寝たままでそれへ落書をはじめた。

「ご自分がよくないことをしているから、ひとのよいところがわからないんだわ。噂ですけれど、婦長さんは院長さんのおめかけなんですって。」

「そうか。いいところがある。」小菅は大喜びであった。彼等はひとの醜聞を美徳のように考える。たのもしいと思うのである。「勲章がめかけを持ったか。いいところがあるよ。」

「ほんとうに、みなさん、罪のないことをおっしゃっては、お笑いになっていらっしゃるのに、判らないのかしら。お気になさらず、うんとおさわぎになったほうが、ようございますわ。かまいませんとも。きょう一日ですものねえ。ほんとうに誰にだってお叱られになったことのない、よい育ちのかたばかりなのに。」片手を顔へあてて急にひくく泣き出した。泣きながらドアをあけた。

飛騨はひきとめて囁いた。「婦長のとこへ行ったたって駄目だよ。よし給え。なんでもないじゃないか。」

　顔を両手で覆ったまま、二三度つづけさまにうなずいて廊下へ出た。

「正義派だ。」真野が去ってから、小菅はにやにや笑ってソファへ坐った。「泣き出しちゃった。自分の言葉に酔ってしまったんだよ。ふだんは大人くさいことを言っていても、やっぱり女だな。」

「変ってるよ。」飛驒は、せまい病室をのしのし歩きまわった。「はじめから僕、変ってると思っていたんだよ。おかしいなあ。泣いて飛び出そうとするんだから、おどろいたよ。まさか婦長のとこへ行ったんじゃないだろうな。」

「そんなことはないよ。」葉蔵は平気なおももちを装ってそう答え、落書した木炭紙を小菅のほうへ投げてやった。

「婦長の肖像画か。」小菅はげらげら笑いこけた。

「どれどれ。」飛驒も立ったままで木炭紙を覗きこんだ。「女怪だね。けっさくだよ。これあ。似ているのか。」

「そっくりだ。いちど院長について、この病室へも来たことがあるんだ。うまいもんだなあ。鉛筆を貸せよ。」小菅は、葉蔵から鉛筆を借りて、木炭紙へ書き加えた。「これへこう角を生やすのだ。いよいよ似て来たな。婦長室のドアへ貼ってやろうか。」

「そとへ散歩に出てみようよ。」葉蔵はベッドから降りて脊のびした。脊のびしながら、こっそり呟いてみた。「ポンチ画の大家。」

ポンチ画の大家。そろそろ僕も厭《あ》きて来た。これは通俗小説でなかろうか。ともすれば硬直したがる僕の神経に対しても、また、おそらくはおなじような諸君の神経に対しても、いささか毒消しの意義あれかし、と取りかかった一齣であったが、どうやら、これは甘すぎた。僕の小説が古典になれば、——ああ、僕は気が狂ったのかしら、——諸君は、かえって僕のこんな註釈を邪魔にするだろう。作家の思いも及ばなかったところにまで、勝手な推察をしてあげて、その傑作である所以を大声で叫ぶだろう。ああ、死んだ大作家は仕合せだ。生きながらえている愚作者は、おのれの作品をひとりでも多くのひとに愛されようと、汗を流して見当はずれの註釈ばかりつけている。そして、まずまず註釈だらけのうるさい駄作をつくるのだ。勝手にしろ、とつっぱなす、そんな剛毅な精神が僕にはないのだ。よい作家になれないな。やっぱり甘ちゃんだ。そうだ。大発見をしたわい。しん底からの甘ちゃんだ。甘さのなかでこそ、僕は暫時の憩いをしている。ああ、もうどうでもよい。ほって置いて呉れ。道化の華とやらも、どうやらここでしぼんだようだ。しかも、さもしく醜くきたなくしぼんだ。完璧へのあこがれ。傑作へのさそい。「もう沢山だ。奇蹟の創造主《つくりぬし》。おのれ！」

　真野は洗面所へ忍びこんだ。心ゆくまで泣こうと思った。しかし、そんなにも泣けなかったのである。洗面所の鏡を覗いて、涙を拭き、髪をなおしてから、食堂へおそい朝食をとりに出掛けた。

　食堂の入口ちかくのテエブルにへ号室の大学生が、からになったスウプの皿をまえに置き、ひとりくったくげに坐っていた。

　真野を見て微笑みかけた。「患者さんは、お元気のようですね。」

　真野は立ちどまって、そのテエブルの端を固くつかまえながら答えた。

「ええ、もう罪のないことばかりおっしゃって、私たちを笑わせていらっしゃいます。」

「そんならいい。画家ですって？」

「ええ。立派な画をかきたいって、しょっちゅうおっしゃって居られますの。」言いかけて耳まで赤くした。「真面目なんですのよ。真面目でございますから、真面目でございますからお苦しいこともおこるわけね。」

「そうです。そうです。」大学生も顔をあからめつつ、心から同意した。

　大学生はちかく退院できることにきまったので、いよいよ寛大になっていたのである。

　この甘さはどうだ。諸君は、このような女をきらいであろうか。畜生！　古めかしいと笑い給え。ああ、もはや憩いも、僕にはてれくさくなっている。僕は、ひとりの女をさえ、註釈なしには愛することができぬのだ。おろかな男は、やすむのにさえ、へまをする。

「あそこだよ。あの岩だよ。」

葉蔵は梨の木の枯枝のあいだからちらちら見える大きなひらたい岩を指さした。岩のくぼみにはところどころ、きのうの雪がのこっていた。

「あそこから、はねたのだ。」葉蔵は、おどけものらしく眼をくるくると丸くして言うのである。

小菅は、だまっていた。ほんとうに平気で言っているのかしら、と葉蔵のこころを忖度していた。葉蔵も平気で言っているのではなかったが、しかしそれを不自然でなく言えるほどの伎倆をもっていたのである。

「かえろうか。」飛驒は、着物の裾を両手でぱっとはしょった。

三人は、砂浜をひっかえしてあるきだした。海は凪いでいた。まひるの日を受けて、白く光っていた。

葉蔵は、海へ石をひとつ抛った。

「ほっとするよ。いま飛びこめば、もうなにもかも問題でない。借金も、アカデミイも、故郷も、後悔も、傑作も、恥も、マルキシズムも、それから友だちも、森も花も、もうどうだっていいのだ。それに気がついたときは、僕はあの岩のうえで笑ったな。ほっとするよ。」

小菅は、昂奮をかくそうとして、やたらに貝を拾いはじめた。

「誘惑するなよ。」飛驒はむりに笑いだした。「わるい趣味だ。」

葉蔵も笑いだした。三人の足音がさくさくと気持ちよく皆の耳へひびく。

「怒るなよ。いまのはちょっと誇張があったな。」葉蔵は飛驒と肩をふれ合せながらあるいた。「けれども、これだけは、ほんとうだ。女がねえ、飛び込むまえにどんなことを囁いたか。」

小菅は好奇心に燃えた眼をずるそうに細め、わざと二人から離れて歩いていた。

「まだ耳についている。田舎の言葉で話がしたいな、と言うのだ。女の国は南のはずれだよ。」

「いけない！　僕にはよすぎる。」

「ほんと。君、ほんとうだよ。ははん。それだけの女だ。」

大きい漁船が砂浜にあげられてやすんでいた。その傍に直径七八尺もあるような美事な魚籃が二つころがっていた。小菅は、その船のくろい横腹へ、拾った貝を、力いっぱいに投げつけた。

　三人は、窒息するほど気まずい思いをしていた。もし、この沈黙が、もう一分間つづいたなら、彼等はいっそ気軽げに海へ身を躍らせたかも知れぬ。

　小菅がだしぬけに叫んだ。

「見ろ、見ろ。」前方の渚を指さしたのである。「い号室とろ号室だ！」

　季節はずれの白いパラソルをさして、二人の娘がこっちへそろそろ歩いて来た。

「発見だな。」葉蔵も蘇生の思いであった。

「話かけようか。」小菅は、片足あげて靴の砂をふり落し、葉蔵の顔を覗きこんだ。命令一下、駈けだそうというのである。

「よせ、よせ。」飛驒は、きびしい顔をして小菅の肩をおさえた。

　パラソルは立ちどまった。しばらく何か話合っていたが、それからくるっとこっちへ背をむけて、またしずかに歩きだした。

「追いかけようか。」こんどは葉蔵がはしゃぎだした。飛驒のうつむいている顔をちらと見た。「よそう。」

　飛驒はわびしくてならぬ。この二人の友だちからだんだん遠のいて行くおのれのしなびた血を、いまはっきりと感じたのだ。生活からであろうか、と考えた。飛騨の生活はややまずしかったのである。

「だけど、いいなあ。」小菅は西洋ふうに肩をすくめた。なんとかしてこの場をうまく取りつくろってやろうと努めるのである。「僕たちの散歩しているのを見て、そそられたんだよ。若いんだものな。可愛そうだなあ。へんな心地になっちゃった。おや、貝をひろってるよ。僕の真似をしていやがる。」

飛騨は思い直して微笑んだ。葉蔵のわびるような瞳とぶつかった。二人ながら頬をあからめた。判っている。お互いがいたわりたい心でいっぱいなんだ。彼等は弱きをいつくしむ。

三人は、ほの温い海風に吹かれ、遠くのパラソルを眺めつつあるいた。

はるか療養院の白い建物のしたには、真野が彼等の帰りを待って立っている。ひくい門柱によりかかり、まぶしそうに右手を額へかざしている。

最後の夜に、真野は浮かれていた。寝てからも、おのれのつつましい家族のことや、立派な祖先のことをながながとしゃべった。葉蔵は夜のふけるとともに、むっつりして来た。やはり、真野のほうへ背をむけて、気のない返事をしながらほかのことを思っていた。

真野は、やがておのれの眼のうえの傷について話だしたのである。「私が三つのとき、」なにげなく語ろうとしたらしかったが、しくじった。声が喉へひっからまる。「ランプをひっくりかえして、やけどしたんですって。ずいぶん、ひがんだものでございますのよ。小学校へあがっていたじぶんには、この傷、もっともっと大きかったんですの。学校のお友だちは私を、ほたる、ほたる、と呼ぶんです。」すこしとぎれた。「そう呼ぶんですの。私、そのたんびに、きっとかたきを討とうと思いましたわ。ええ、ほんとうにそう思ったわ。えらくなろうと思いましたの。」ひとりで笑いだした。「おかしいですのねえ。えらくなれるもんですか。眼鏡かけましょうかしら。眼鏡かけたら、この傷がすこしかくれるんじゃないかしら。」

「よせよ。かえっておかしい。」葉蔵は怒ってでもいるように、だしぬけに口を挟んだ。女に愛情を感じたとき、わざとじゃけんにしてやる古風さを、彼もやはり持っているのであろう。「そのままでいいのだ。目立ちはしないよ。もう眠ったらどうだろう。あしたは早いのだよ。」

真野は、だまった。あした別れてしまうのだ。おや、他人だったのだ。恥を知れ。恥を知れ。私は私なりに誇りを持とう。せきをしたり溜息ついたり、それからばたんばたんと乱暴に寝返りをうったりした。

葉蔵は素知らぬふりをしていた。なにを案じつつあるかは、言えぬ。

僕たちはそれより、浪の音や鷗の声に耳傾けよう。そしてこの四日間の生活をはじめから思い起そう。みずからを現実主義者と称している人は言うかも知れぬ。この四日間はポンチに満ちていたと。それならば答えよう。おのれの原稿が、編輯者の机のうえでおおた土瓶敷の役目をしてくれたらしく、黒い大きな焼跡をつけられて送り返されたこともポンチ。おのれの妻のくらい過去をせめ、一喜一憂したこともポンチ。質屋の暖簾をくぐるのに、それでも襟元を掻き合せ、おのれのおちぶれを見せまいと風采ただしたこともポンチ。僕たち自身、ポンチの生活を送っている。そのような現実にひしがれた男のむりに示す我慢の態度。君はそれを理解できぬならば、僕は君とは永遠に他人である。どうせポンチならよいポンチ。ほんとうの生活。ああ、それは遠いことだ。僕は、せめて、人の情にみちみちたこの四日間をゆっくりゆっくりなつかしもう。たった四日の思い出の、五年十年の暮しにまさることがある。たった四日の思い出の、ああ、一生涯にまさることがある。

真野のおだやかな寝息が聞えた。葉蔵は沸きかえる思いに堪えかねた。真野のほうへ寝がえりを打とうとして、長いからだをくねらせたら、はげしい声を耳もとへささやかれた。

やめろ！　ほたるの信頼を裏切るな。

夜のしらじらと明けはなれたころ、二人はもう起きてしまった。葉蔵はきょう退院するのである。僕は、この日の近づくことを恐れていた。それは愚作者のだらしない感傷であろう。この小説を書きながら僕は、葉蔵を救いたかった。いや、このバイロンに化け損ねた一匹の泥狐を許してもらいたかった。それだけが苦しいなかの、ひそかな祈願であった。しかしこの日の近づくにつれ、僕は前にもまして荒涼たる気配のふたたび葉蔵を、僕をしずかに襲うて来たのを覚えるのだ。この小説は失敗である。なんの飛躍もない、なんの解脱もない。僕はスタイルをあまり気にしすぎたようである。そのためにこの小説は下品にさえなっている。たくさんの言わでものことを述べた。しかも、もっと重要なことがらをたくさん言い落したような気がする。これはきざな言いかたであるが、僕が長生きして、幾年かのちにこの小説を手に取るようなことでもあるならば、僕はどんなにみじめだろう。おそらくは一頁も読まぬうちに僕は堪えがたい自己嫌悪におののいて、巻を伏せるにきまっている。いまでさえ、僕は、まえを読みかえす気力がないのだ。ああ、作家は、おのれのすがたをむき出しにしてはいけない。それは作家の敗北である。美しい感情を以て、人は、悪い文学を作る。僕は三度この言葉を繰りかえす。そして、承認を与えよう。僕は文学を知らぬ。もいちど始めから、やり直そうか。君、どこから手をつけていったらよいやら。

僕こそ、渾沌と自尊心とのかたまりでなかったろうか。この小説も、ただそれだけのものでなかったろうか。ああ、なぜ僕はすべてに断定をいそぐのだ。すべての思念にまとまりをつけなければ生きて行けない、そんなけちな根性をいったい誰から教わった？

書こうか。青松園の最後の朝を書こう。なるようにしかならぬのだ。

真野は裏山へ景色を見に葉蔵を誘った。

「とても景色がいいんですのよ。いまならきっと富士が見えます。」

葉蔵はまっくろい羊毛の襟巻を首に纏い、真野は看護服のうえに松葉の模様のある羽織を着込み、赤い毛糸のショオルを顔がうずまるほどぐるぐる巻いて、いっしょに療養院の裏庭へ下駄はいて出た。庭のすぐ北方には、赭土のたかい崖がそそり立っていて、それへせまい鉄の梯子がいっぽんかかっているのであった。真野がさきに、その梯子をすばしこい足どりでするするのぼった。

裏山には枯草が深くしげっていて、霜がいちめんにおりていた。

真野は両手の指先へ白い息を吐きかけて温めつつ、はしるようにして山路をのぼっていった。山路はゆるい傾斜をもってくねくねと曲っていた。葉蔵も、霜を踏み踏みそのあとを追った。凍った空気へたのしげに口笛を吹きこんだ。誰ひとりいない山。どんなことでもできるのだ。真野にそんなわるい懸念を持たせたくなかったのである。

窪地へ降りた。ここにも枯れた茅《かや》がしげっていた。真野は立ちどまった。葉蔵も五六歩はなれて立ちどまった。すぐわきに白いテントの小屋があるのだ。

真野はその小屋を指さして言った。

「これ、日光浴場。軽症の患者さんたちが、はだかでここへ集るのよ。ええ、いまでも。」

テントにも霜がひかっていた。

「登ろう。」

なぜとは知らず気がせくのだ。

真野は、また駈け出した。葉蔵もつづいた。落葉松の細い並木路へさしかかった。ふたりはつかれて、ぶらぶらと歩きはじめた。

葉蔵は肩であらく息をしながら、大声で話かけた。

「君、お正月はここでするのか。」

振りむきもせず、やはり大声で答えてよこした。

「いいえ。東京へ帰ろうと思います。」

「じゃ、僕のとこへ遊びに来たまえ。飛驒も小菅も毎日のように僕のとこへ来ているのだ。まさか牢屋でお正月を送るようなこともあるまい。きっとうまく行くだろうと思うよ。」

まだ見ぬ検事のすがすがしい笑い顔をさえ、胸に画いていたのである。

ここで結べたら！　古い大家はこのようなところで、意味ありげに結ぶ。しかし、葉蔵も僕も、おそらくは諸君も、このようなごまかしの慰めに、もはや厭きている。お正月も牢屋も検事も、僕たちにはどうでもよいことなのだ。僕たちはいったい、検事のことなどをはじめから気にかけていたのだろうか。僕たちはただ、山の頂上に行きついてみたいのだ。そこに何がある。何があろう。いささかの期待をそれにのみつないでいる。

ようよう頂上にたどりつく。頂上は簡単に地ならしされ、十坪ほどの赭土がむきだされていた。まんなかに丸太のひくいあずまやがあり、庭石のようなものまで、あちこちに据えられていた。すべて霜をかぶっている。

「駄目。富士が見えないわ。」

真野は鼻さきをまっかにして叫んだ。

「この辺に、くっきり見えますのよ。」

東の曇った空を指さした。朝日はまだ出ていないのである。不思議な色をしたきれぎれの雲が、沸きたっては澱み、澱んではまたゆるゆると流れていた。

「いや、いいよ。」

そよ風が頰を切る。

葉蔵は、はるかに海を見おろした。すぐ足もとから三十丈もの断崖になっていて、江の島が真下に小さく見えた。ふかい朝霧の奥底に、海水がゆらゆらうごいていた。

そして、否、それだけのことである。

佐伯一麦・選

畜犬談

私が子供の頃は、野良犬が多かった。犬に噛まれたことがきっかけで吃るようになった私にとって、「私は、犬に就いては自信がある。いつの日か、必ず喰いつかれるであろうという自信である」と書き出される「畜犬談」の、犬に対する愛憎相半ばする感情は、まさに実感された。捨犬を飼うことになる「私」が、最後に反省する「芸術家は、もともと弱い者の味方だった筈なんだ」は、いまでもかくありたいと思わされる言葉である。

佐伯一麦

——伊馬鵜平君に与える。

私は、犬に就いては自信がある。いつの日か、必ず喰《く》いつかれるであろうという自信である。私は、きっと嚙まれるにちがいない。自信があるのである。よくぞ、きょうまで喰いつかれもせず無事に過して来たものだと不思議な気さえしているのである。諸君、犬は猛獣である。馬を斃《たお》し、たまさかには獅子と戦ってさえ之を征服するとかいうではないか。さもありなんと私はひとり淋しく首肯しているのだ。あの犬の、鋭い牙を見るがよい。ただものでは無い。いまは、あのように街路で無心のふうを装い、とるに足らぬものの如く自ら卑下して、芥箱を覗きまわったりなどして見せているが、もともと馬を斃すほどの猛獣である。いつなんどき、怒り狂い、その本性を曝露するか、わかったものでは無い。犬は必ず鎖に固くしばりつけて置くべきである。少しの油断もあってはならぬ。世の多くの飼い主は、自ら恐ろしき猛獣を養い、之に日々わずかの残飯を与えているという理由だけにて、全くこの猛獣に心をゆるし、エスや、エスやなど、気楽に呼んで、さながら家族の一員の如く身辺に近づかしめ、三歳のわが愛子をして、その猛獣の耳をぐいと引っぱらせて大笑いしている図にいたっては、戦慄、眼を蓋《おお》わざるを得ないのである。不意に、わんと言って喰いついたら、どうする気だろう。気をつけなければならぬ。飼い主でさえ、嚙みつかれぬとは保証でき難い猛獣を、（飼い主だから、絶対に喰いつかれぬということは愚かな気のいい迷信に過ぎない。あの恐ろしい牙のある以上、必ず嚙む。決して嚙まないということは、科学的に証明できる筈は無いのである。）その猛獣を、放し飼いにして、往来をうろうろ徘徊させて置くとは、どんなものであろうか。昨年の晩秋、私の友人が、ついに之の被害を受けた。いたましい犠牲者である。友人の話に依ると、友人は何もせず横丁を懐手してぶらぶら歩いていると、犬が道路上にちゃんと坐っていた。友人は、やはり何もせず、その犬の傍を通った。犬はその時、いやな横目を使ったという。何事もなく通りすぎた、とたん、わんと言って右の脚に喰いついたという。災難である。一瞬のことである。友人は、呆然自失したという。ややあって、くやし涙が沸いて出た。さもありなん、と私は、やはり淋しく首肯している。そうなってしまったら、ほんとうに、どうしようも、無いではないか。友人は、痛む脚をひきずって病院へ行き手当を受けた。それから二十一日間、病院へ通《かよ》ったのである。三週間である。脚の傷がなおっても、体内に恐水病といういまわしい病気の毒が、あるいは注入されて在るかも知れぬという懸念かその防毒の注射をしてもらわなければならぬのである。飼い主に談判するなど、その友人の弱気を以てしては、とてもできぬことである。じっと堪えて、おのれの不運に溜息ついているだけなのである。しかも、注射代など決して安いものでなく、そのような余分の貯えは失礼ながら友人に在る筈もなく、いずれは苦しい算段をしたにちがいないので、とにかく之は、ひどい災難である。大災難である。また、うっかり注射でも怠ろうものなら、恐水病といって、発熱悩乱の苦しみ在って、果ては貌《かお》が犬に似て来て、四つ這いになり、只わんわんと吠ゆるばかりだという、そんな凄惨な病気になるかも知れないということなのである。注射を受けながらの、友人の憂慮、不安は、どんなだったろう。友人は苦労人で、ちゃんとできた人であるから、醜く取り乱すことも無く、三七、二十一日病院に通い、注射を受けて、いまは元気に立ち働いているが、もし之が私だったら、その犬、生かして置かないだろう。私は、人の三倍も四倍も復讐心の強い男なのであるから、また、そうなると人の五倍も六倍も残忍性を発揮してしまう男なのであるから、たちどころにその犬の頭蓋骨を、めちゃめちゃに粉砕し、眼玉をくり抜き、ぐしゃぐしゃに嚙んで、べっと吐き捨て、それでも足りずに近所近辺の飼い犬ことごとくを毒殺してしまうであろう。こちらが何もせぬのに、突然わんと言って嚙みつくとはなんという無礼、狂暴の仕草であろう。いかに畜生といえども許しがたい。畜生ふびんの故を以て、人は之を甘やかしているからいけないのだ。容赦なく酷刑に処すべきである。昨秋、友人の遭難を聞いて、私の畜犬に対する日頃の憎悪は、その極点に達した。青い焔が燃え上るほどの、思いつめたる憎悪である。

ことしの正月、山梨県、甲府のまちはずれに八畳、三畳、一畳という草庵を借り、こっそり隠れるように住み込み、下手な小説あくせく書きすすめていたのであるが、この甲府のまち、どこへ行っても犬がいる。おびただしいのである。往来に、或いは佇み、或いはながながと寝そべり、或いは疾駆し、或いは牙を光らせて吠え立て、ちょっとした空地でもあると必ずそこは野犬の巣の如く、組んずほぐれつ格闘の稽古にふけり、夜など無人の街路を風の如く野盗の如く、ぞろぞろ大群をなして縦横に駈け廻っている。甲府の家毎、家毎、少くとも二匹くらいずつ養っているのではないかと思われるほどに、おびただしい数である。山梨県は、もともと甲斐犬の産地として知られている様であるが、街頭で見かける犬の姿は、決してそんな純血種のものではない。赤いムク犬が最も多い。採るところ無きあさはかな駄犬ばかりである。もとより私は畜犬に対しては含むところがあり、また友人の遭難以来一そう嫌悪の念を増し、警戒おさおさ怠るものではなかったのであるが、こんなに犬がうようよいて、どこの横丁にでも跳梁し、或いはとぐろを巻いて悠然と寝ているのでは、とても用心し切れるものでなかった。私は実に苦心をした。できることなら、すね当《あて》、こて当、かぶとをかぶって街を歩きたく思ったのである。けれども、そのような姿は、いかにも異様であり、風紀上からいっても、決して許されるものでは無いのだから、私は別の手段をとらなければならぬ。私は、まじめに、真剣に、対策を考えた。私は、まず犬の心理を研究した。人間に就いては、私もいささか心得があり、たまには的確に、あやまたず指定できたこともあったのであるが、犬の心理は、なかなかむずかしい。人の言葉が、犬と人との感情交流にどれだけ役立つものか、それが第一の難問である。言葉が役に立たぬとすれば、お互いの素振り、表情を読み取るより他に無い。しっぽの動きなどは、重大である。けれども、この、しっぽの動きも、注意して見ていると仲々に複雑で、容易に読み切れるものでは無い。私は、ほとんど絶望した。そうして、甚だ拙劣な、無能きわまる一法を案出した。あわれな窮余の一策である。私は、とにかく、犬に出逢うと、満面に微笑を湛えて、いささかも害心のないことを示すことにした。夜は、その微笑が見えないかも知れないから、無邪気に童謡を口ずさみ、やさしい人間であることを知らせようと努めた。之等は、多少、効果があったような気がする。犬は私には、いまだ飛びかかって来ない。けれどもあくまで油断は禁物である。犬の傍を通る時は、どんなに恐ろしくても、絶対に走ってはならぬ。にこにこ卑しい追従笑いを浮べて、無心そうに首を振り、ゆっくりゆっくり、内心、脊中に毛虫が十匹這っているような窒息せんばかりの悪寒にやられながらも、ゆっくりゆっくり通るのである。つくづく自身の卑屈がいやになる。泣きたいほどの自己嫌悪を覚えるのであるが、これを行わないと、たちまち噛みつかれるような気がして、私は、あらゆる犬にあわれな挨拶を試みる。髪をあまりに長く伸していると、或いはウロンの者として吠えられるかも知れないから、あれほどいやだった床屋へも精出して行くことにした。ステッキなど持って歩くと、犬のほうで威嚇の武器と感ちがいして、反抗心を起すようなことがあってはならぬから、ステッキは永遠に廃棄することにした。犬の心理を計りかねて、ただ行き当りばったり、無闇矢鱈に御機嫌とっているうちに、ここに意外の現象が現われた。私は、犬に好かれてしまったのである。尾を振って、ぞろぞろ後について来る。私は、地団駄踏んだ。実に皮肉である。かねがね私の、こころよからず思い、また最近にいたっては憎悪の極点にまで達している、その当の畜犬に好かれるくらいならば、いっそ私は駱駝《らくだ》に慕われたいほどである。どんな悪女にでも、好かれて気持の悪い筈はない、というのはそれは浅薄の想定である。プライドが、虫が、どうしてもそれを許容できない場合がある。堪忍ならぬのである。私は、犬をきらいなのである。早くからその狂暴の猛獣性を看破し、こころよからず思っているのである。たかだか日に一度や二度の残飯の投与にあずからんが為に、友を売り、妻を離別し、おのれの身ひとつ、その家の軒下に横たえ、忠義顔して、かつての友に吠え、兄弟、父母をも、けろりと忘却し、ただひたすらに飼主の顔色を伺い、阿諛追従てんとして恥じず、ぶたれても、きゃんと言い尻尾まいて閉口して見せて家人を笑わせ、その精神の卑劣、醜怪、犬畜生とは、よくも言った。日に十里を楽々と走破し得る健脚を有し、獅子をも斃す白光鋭利の牙を持ちながら、懶惰《らんだ》無頼の腐り果てたいやしい根性をはばからず発揮し、一片の矜持無く、てもなく人間界に屈服し、隷属し、同族互いに敵視して、顔つき合せると吠え合い、嚙み合い、もって人間の御機嫌を取り結ぼうと努めている。雀を見よ。何ひとつ武器を持たぬ繊弱の小禽ながら、自由を確保し、人間界とは全く別個の小社会を営み、同類相親しみ、欣然《きんぜん》日々の貧しい生活を歌い楽しんでいるではないか。思えば、思うほど、犬は不潔だ。犬はいやだ。なんだか自分に似ているところさえあるような気がして、いよいよ、いやだ。たまらないのである。その犬が、私を特に好んで、尾を振って親愛の情を表明して来るに及んでは、狼狽とも、無念とも、なんとも、言いようがない。あまりに犬の猛獣性を畏敬し、買いかぶり、節度もなく媚笑を撒きちらして歩いたゆえ、犬は、かえって知己を得たものと誤解し、私を組し易しと見てとって、このような情ない結果に立ちいたったのであろうが、何事によらず、ものには節度が大切である。私は、未だに、どうも、節度を知らぬ。

早春のこと。夕食の少しまえに、私はすぐ近くの四十九聯隊の練兵場へ散歩に出て、

二、三の犬が私のあとについて来て、いまにも踵をがぶりとやられはせぬかと生きた気もせず、けれども毎度のことであり、観念して無心平静を装い、ぱっと脱兎の如く走り逃げたい衝動を懸命に抑え抑え、ぶらりぶらり歩いた。犬は私について来ながら、途々お互いに喧嘩などはじめて、私は、わざと振りかえって見もせず、知らぬふりして歩いているのだが、内心、実に閉口であった。ピストルでもあったなら、躊躇せずドカンドカンと射殺してしまいたい気持であった。犬は、私にそのような、外面如菩薩、内心如夜叉的の奸佞《かんねい》の害心があるとも知らず、どこまでもついて来る。練兵場をぐるりと一廻りして、私はやはり犬に慕われながら帰途についた。家へ帰りつくまでには、背後の犬もどこかへ雲散霧消しているのが、これまでの、しきたりであったのだが、その日に限って、ひどく執拗で馴れ馴れしいのが一匹いた。真黒の、見るかげもない小犬である。ずいぶん小さい。胴の長さ五寸の感じである。けれども、小さいからと言って油断はできない。歯は、既にちゃんと生えそろっている筈である。噛まれたら病院に三、七、二十一日間通わなければならぬ。それにこのような幼少なものには常識がないから、したがって気まぐれである。一そう用心をしなければならぬ。小犬は後になり、さきになり、私の顔を振り仰ぎ、よたよた走って、とうとう私の家の玄関まで、ついて来た。

「おい。へんなものが、ついて来たよ。」

「可愛いもんか。追っ払って呉《く》れ。手荒くすると喰いつくぜ。お菓子でもやって。」

「おや、可愛い。」

れいの私の軟弱外交である。小犬は、たちまち私の内心畏怖の情を見抜き、それにつけ込み、図々しくもそれから、ずるずる私の家に住みこんでしまった。そうしてこの犬は、三月、四月、五月、六、七、八、そろそろ秋風吹きはじめて来た現在にいたるまで、私の家に居るのである。私は、この犬には、幾度泣かされたかわからない。どうにも始末ができないのである。私は仕方なく、この犬を、ポチなどと呼んでいるのであるが、半年も共に住んでいながら、いまだに私は、このポチを、一家のものとは思えない。他人の気がするのである。しっくり行かない。不和である。お互い心理の読み合いに火花を散らして戦っている。そうしてお互い、どうしても釈然と笑い合うことができないのである。

はじめこの家にやって来たころは、まだ子供で、地べたの蟻を不審そうに観察したり、蝦蟇《がま》を恐れて悲鳴を挙げたり、その様《さま》には私も思わず失笑することがあって、憎いやつであるが、これも神様の御心に依ってこの家へ迷い込んで来ることになったのかも知れぬと、縁の下に寝床を作ってやったし、食い物も乳幼児むきに軟かく煮て与えてやったし、蚤取粉などからだに振りかけてやったものだ。けれども、ひとつき経つと、もういけない。そろそろ駄犬の本領を発揮して来た。いやしい。もともと、この犬は練兵場の隅に捨てられて在ったものにちがいない。私のあの散歩の帰途、私にまつわりつくようにしてついて来て、その時は、見るかげも無く痩せこけて、毛も抜けていてお尻の部分は、ほとんど全部禿《は》げていた。私だからこそ、之に菓子を与え、おかゆを作り、荒い言葉一つ掛けるではなし、腫れものにさわるように鄭重にもてなして上げたのだ。他の人だったら、足蹴にして追い散らしてしまったにちがいない。私のそんな親切なもてなしも、内実は、犬に対する愛情からではなく、犬に対する先天的な憎悪と恐怖から発した老獪な駈け引きに過ぎないのであるが、けれども私のおかげで、このポチは、毛並もととのい、どうやら一人まえの男の犬に成長することを得たのではないか。私は恩を売る気はもうとう無いけれども、少しは私たちにも何か楽しみを与えてくれてもよさそうに思われるのであるが、やはり捨犬は駄目なものである。大めし食《くら》って、食後の運動のつもりであろうか、下駄をおもちゃにして無残に噛み破り、庭に干して在る洗濯物を要らぬ世話して引きずりおろし、泥まみれにする。

「こういう冗談はしないでおくれ。実に、困るのだ。誰が君に、こんなことをしてくれとたのみましたか?」と、私は、内に針を含んだ言葉を、精一ぱい優しく、いや味をきかせて言ってやることもあるのだが、犬は、きょろりと眼を動かし、いや味を言い聞かせている当の私にじゃれかかる。なんという甘ったれた精神であろう。私はこの犬の鉄面皮には、ひそかに呆れ、之を軽蔑さえしたのである。長ずるに及んで、いよいよこの犬の無能が曝露された。だいいち、形がよくない。幼少のころには、も少し形の均斉もとれていて、或いは優れた血が雑《まじ》っているのかも知れぬと思わせるところ在ったのであるが、それは真赤ないつわりであった。胴だけが、にょきにょき長く伸びて、手足がいちじるしく短い。亀のようである。見られたものでなかった。そのような醜い形をして、私が外出すれば必ず影の如くちゃんと私につき従い、少年少女までが、やあ、へんてこな犬じゃと指さして笑うこともあり、多少見栄坊の私は、いくら澄まして歩いても、なんにもならなくなるのである。いっそ他人のふりをしようと足早に歩いてみても、ポチは私の傍を離れず、私の顔を振り仰ぎ振り仰ぎ、あとになり、さきになり、からみつくようにしてついて来るのだから、どうしたって二人は他人のようには見えまい。気心の合った主従としか見えまい。おかげで私は外出のたびごとに、ずいぶん暗い憂鬱な気持にさせられた。いい修行になったのである。ただ、そうして、ついて歩いていたころは、まだよかった。そのうちにいよいよ隠して在った猛獣の本性を曝露して来た。喧嘩格闘を好むようになったのである。私のお伴をして、まちを歩いて行き逢う犬、行き逢う犬、すべてに挨拶して通るのである。つまり、かたっぱしから喧嘩して通るのである。ポチは足も短く、若年でありながら、喧嘩は相当強いようである。空地の犬の巣に踏みこんで、一時に五匹の犬を相手に戦ったときは流石《さすが》に危く見えたが、それでも巧みに身をかわして難を避けた。非常な自信を以て、どんな犬にでも飛びかかって行く。たまには勢《いきおい》負けして、吠えながらじりじり退却することもある。声が悲鳴に近くなり、真黒い顔が蒼黒くなって来る。いちど小牛のようなシェパアドに飛びかかっていって、あのときは、私が蒼くなった。果して、ひとたまりも無かった。前足でころころポチをおもちゃにして、本気につき合ってくれなかったのでポチも命が助かった。犬は、いちどあんなひどいめに逢うと、大へん意気地がなくなるものらしい。ポチは、それからは眼に見えて、喧嘩を避けるようになった。それに私は、喧嘩を好まず、否、好まぬどころではない、往来で野獣の組打ちを放置し許容しているなどは、文明国の恥辱と信じているので、かの耳を聾せんばかりのけんけんごうごう、きゃんきゃんの犬の野蛮のわめき声には、殺してもなおあき足らない憤怒と憎悪を感じているのである。私はポチを愛してはいない。恐れ、憎んでこそいるが、みじんも愛しては、いない。死んで呉れたらいいと思っている。私にのこのこついて来て、何かそれが飼われているものの義務とでも思っているのか、途で逢う犬、逢う犬、必ず凄惨に吠え合って、主人としての私は、そのときどんなに恐怖にわななき震えていることか。自動車呼びとめて、それに乗ってドアをばたんと閉じ、一目散に逃げ去りたい気持なのである。犬同志の組打ちで終るべきものなら、まだしも、もし敵の犬が血迷って、ポチの主人の私に飛びかかって来るようなことがあったら、どうする。ないとは言わせぬ。血に飢えたる猛獣である。何をするか、わかったものでない。私はむごたらしく噛み裂かれ、三七、二十一日間病院に通わなければならぬ。犬の喧嘩は、地獄である。私は、機会あるごとにポチに言い聞かせた。

「喧嘩しては、いけないよ。喧嘩をするなら、僕からはるか離れたところで、してもらいたい。僕は、おまえを好いてはいないんだ。」

少し、ポチにもわかるらしいのである。そう言われると多少しょげる。いよいよ私は犬を、薄気味わるいものに思った。その私の繰り返し繰り返し言った忠告が効を奏したのか、あるいは、かのシェパアドとの一戦にぶざまな惨敗を喫したせいか、ポチは、卑屈なほど柔弱な態度をとりはじめた。私と一緒に路を歩いて、他の犬がポチに吠えかけると、ポチは、

「ああ、いやだ、いやだ。野蛮ですねえ。」

と言わんばかり、ひたすら私の気に入られようと上品ぶって、ぶるっと胴震いさせたり、相手の犬を、仕方のないやつだね、とさもさも憐れむように流し目で見て、そうして、私の顔色を伺い、へっへっへっと卑しい追従笑いするかの如く、その様子のいやらしいったら無かった。

「一つも、いいところないじゃないか、こいつは。ひとの顔色ばかり伺っていやがる。」

「あなたが、あまり、へんにかまうからですよ。」家内は、はじめからポチに無関心であった。洗濯物など汚されたときはぶつぶつ言うが、あとはけろりとして、ポチポチと呼んで、めしを食わせたりなどしている。「性格が破産しちゃったんじゃないかしら。」と笑っている。

「飼い主に、似て来たというわけかね。」私は、いよいよ、にがにがしく思った。

七月にはいって、異変が起った。私たちは、やっと、東京の三鷹村に、建築最中の小さい家を見つけることができて、それの完成し次第、一ヵ月二十四円で貸してもらえるように、家主と契約の証書交して、そろそろ移転の仕度をはじめた。家ができ上ると、家主から速達で通知が来ることになっていたのである。ポチは、勿論、捨てて行かれることになっていたのである。

「連れて行ったって、いいのに。」家内は、やはりポチをあまり問題にしていない。どちらでもいいのである。

「だめだ。僕は、可愛いから養っているんじゃないんだよ。犬に復讐されるのが、こわいから、仕方なくそっとして置いてやっているのだ。わからんかね。」

「でも、ちょっとポチが見えなくなると、ポチはどこへ行ったろう、どこへ行ったろうと大騒ぎじゃないの。」

「いなくなると、一そう薄気味が悪いからさ。僕に隠れて、ひそかに同志を糾合しているのかもわからない。あいつは、僕に軽蔑されていることを知っているんだ。復讐心が強いそうだからなあ、犬は。」

いまこそ絶好の機会であると思っていた。この犬をこのまま忘れたふりして、ここへ置いて、さっさと汽車に乗って東京へ行ってしまえば、まさか犬も、笹子峠を越えて三鷹村まで追いかけて来ることはなかろう。私たちは、ポチを捨てたのではない。全くうっかりして連れて行くことを忘れたのである。罪にはならない。またポチに恨まれる筋合も無い。復讐されるわけはない。

「大丈夫だろうね。置いていっても、飢え死するようなことはないだろうね。死霊の祟《たた》りということもあるからね。」

「もともと、捨犬だったんですもの。」家内も、少し不安になった様子である。

「そうだね。飢え死することはないだろう。なんとか、うまくやって行くだろう。あんな犬、東京へ連れて行ったんじゃ、僕は友人に対して恥かしいんだ。胴が長すぎる。みっともないねえ。」

ポチは、やはり置いて行かれることに、確定した。すると、ここに異変が起った。ポチが、皮膚病にやられちゃった。これが、またひどいのである。さすがに形容をはばかるが、惨状、眼をそむけしむるものがあったのである。折からの炎熱と共に、ただならぬ悪臭を放つようになった。こんどは家内が、まいってしまった。

「ご近所にわるいわ。殺して下さい。」女は、こうなると男よりも冷酷で、度胸がいい。

「殺すのか?」私は、ぎょっとした。「も少しの我慢じゃないか。」

私たちは、三鷹の家主からの速達を一心に待っていた。七月末には、できるでしょうという家主の言葉であったのだが、七月もそろそろおしまいになりかけて、きょうか明日かと、引越しの荷物もまとめてしまって待機していたのであったが、仲々、通知が来ないのである。問い合せの手紙を出したりなどしている時に、ポチの皮膚病がはじまったのである。見れば、見るほど、酸鼻の極である。ポチも、いまは流石に、おのれの醜い姿を恥じている様子で、とかく暗闇の場所を好むようになり、たまに玄関の日当りのいい敷石の上で、ぐったり寝そべっていることがあっても、私が、それを見つけて、

「わあ、ひでえなあ。」と罵倒すると、いそいで立ち上って首を垂れ、閉口したようにこそこそ縁の下にもぐり込んでしまうのである。

それでも私が外出するときには、どこからともなく足音忍ばせて出て来て、私について来ようとする。こんな化け物みたいなものに、ついて来られて、たまるものか、とその都

度、私は、だまってポチを見つめてやる。あざけりの笑いを口角にまざまざと浮べて、なんぼでも、ポチを見つめてやる。これは大へん、ききめがあった。ポチは、おのれの醜い姿にハッと思い当る様子で、首を垂れ、しおしおどこかへ姿を隠す。

「とっても、我慢ができないの。私まで、むず痒くなって。」家内は、ときどき私に相談する。「なるべく見ないように努めているんだけれど、いちど見ちゃったら、もう駄目ね。夢の中にまで出て来るんだもの。」

「まあ、もうすこしの我慢だ。」がまんするより他はないと思った。たとえ病んでいるとはいっても、相手は一種の猛獣である。下手に触ったら噛みつかれる。「明日にでも、三鷹から、返事が来るだろう。引越してしまったら、それっきりじゃないか。」

三鷹の家主から返事が来た。読んで、がっかりした。雨が降りつづいて壁が乾かず、また人手も不足で、完成までには、もう十日くらいかかる見込み、というのであった。うんざりした。ポチから逃れるためだけでも、早く、引越してしまいたかったのだ。私は、へんな焦躁感で、仕事も手につかず、雑誌を読んだり、酒を呑んだりした。ポチの皮膚病は一日一日ひどくなっていって、私の皮膚も、なんだか、しきりに痒くなって来た。深夜、戸外でポチが、ばたばたばた痒さに身悶えしている物音に、幾度ぞっとさせられたかわからない。たまらない気がした。いっそ、ひと思いにと、狂暴な発作に駆られることも、しばしばあった。家主からは、更に二十日待て、と手紙が来て、私のごちゃごちゃの忿懣が、たちまち手近のポチに結びついて、こいつ在るがために、このように諸事円滑にすすまないのだ、と何もかも悪いことは皆、ポチのせいみたいに考えられ、奇妙にポチを呪咀し、或る夜、私の寝巻に犬の蚤が伝播されて在ることを発見するに及んで、ついにそれまで堪えに堪えて来た怒りが爆発し、私は、ひそかに重大の決意をした。

殺そうと思ったのである。相手は恐るべき猛獣である。常の私だったら、こんな乱暴な決意は、逆立ちしたって為し得なかったところのものなのであったが、盆地特有の酷暑で、少しへんになっていた矢先であったし、また、毎日、何もせず、ただぽかんと家主からの速達を待っていて、死ぬほど退屈な日々を送って、むしゃくしゃいらいら、おまけに不眠も手伝って発狂状態であったのだから、たまらない。その犬の蚤を発見した夜、ただちに家内をして牛肉の大片を買いに走らせ、私は、薬屋に行き或る種の薬品を少量、買い求めた。これで用意はできた。家内は少からず興奮していた。私たち鬼夫婦は、その夜、鳩首して小声で相談した。

翌《あく》る朝、四時に私は起きた。目覚時計を掛けて置いたのであるが、それの鳴り出さぬうちに、眼が覚めてしまった。しらじらと明けていた。肌寒いほどであった。私は竹の皮包をさげて外へ出た。

「おしまいまで見ていないですぐお帰りになるといいわ。」家内は玄関の式台に立って見送り、落ち付いていた。

「心得ている。ポチ、来い！」

ポチは尾を振って縁の下から出て来た。

「来い、来い！」私は、さっさと歩き出した。きょうは、あんな、意地悪くポチの姿を見つめるようなことはしないので、ポチも自身の醜さを忘れて、いそいそ私について来た。霧が深い。まちはひっそり眠っている。私は、練兵場へいそいだ。途中、おそろしく大きい赤毛の犬が、ポチに向って猛烈に吠えたてた。ポチは、れいに依って上品ぶった態度を示し、何を騒いでいるのかね、とでも言いたげな蔑視をちらとその赤毛の犬にくれただけで、さっさとその面前を通過した。赤毛は、卑劣である。無法にもポチの背後から、風の如く襲いかかり、ポチの寒しげな睾丸をねらった。ポチは、咄嗟にくるりと向き直ったが、ちょっと躊躇し、私の顔色をそっと伺った。

「やれ！」私は大声で命令した。「赤毛は卑怯だ！　思う存分やれ！」

ゆるしが出たのでポチは、ぶるんと一つ大きく胴震いして、弾丸の如く赤犬のふところに飛び込んだ。たちまち、けんけんごうごう、二匹は一つの手毬《てまり》みたいになって、格闘した。赤毛は、ポチの倍ほども大きい図体をしていたが、だめであった。ほどなく、きゃんきゃん悲鳴を挙げて敗退した。おまけにポチの皮膚病までうつされたかもわからない。ばかなやつだ。

喧嘩が終って、私は、ほっとした。文字どおり手に汗して眺めていたのである。一時は、二匹の犬の格闘に巻きこまれて、私も共に死ぬるような気さえしていた。おれは嚙み殺されたっていいんだ。ポチよ、思う存分、喧嘩をしろ！　と異様に力《りき》んでいたのであった。ポチは、逃げて行く赤毛を少し追いかけ、立ちどまって、私の顔色をちらと伺い、急にしょげて、首を垂れすごすご私のほうへ引返して来た。

「よし！　強いぞ。」ほめてやって私は歩き出し、橋をかたかた渡って、ここはもう練兵場である。

むかしポチは、この練兵場に捨てられた。だからいま、また、この練兵場へ帰って来たのだ。おまえのふるさとで死ぬがよい。

私は立ちどまり、ぽとりと牛肉の大片を私の足もとへ落して、

「ポチ、食え。」私は、ポチを見たくなかった。ぼんやりそこに立ったまま、「ポチ、食え。」

足もとで、ぺちゃぺちゃ食べている音がする。一分たたぬうちに死ぬ筈だ。

私は猫背になって、のろのろ歩いた。霧が深い。ほんのちかくの山が、ぼんやり黒く見

えるだけだ。南アルプス連峯も、富士山も、何も見えない。朝露で、下駄がびしょぬれである。私は一そうひどい猫脊になって、のろのろ帰途についた。橋を渡り、中学校のまえまで来て、振り向くとポチが、ちゃんといた。面目無げに、首を垂れ、私の視線をそっとそらした。

私も、もう大人である。いたずらな感傷は無かった。すぐ事態を察知した。薬品が効かなかったのだ。うなずいて、もうすでに私は、白紙還元である。家へ帰って、

「だめだよ。薬が効かないのだ。ゆるしてやろうよ。あいつには、罪が無かったんだぜ。芸術家は、もともと弱い者の味方だった筈なんだ。」私は、途中で考えて来たことをそのまま言ってみた。「弱者の友なんだ。芸術家にとって、これが出発で、また最高の目的なんだ。こんな単純なこと、僕は忘れていた。僕だけじゃない。みんなが、忘れているんだ。僕は、ポチを東京へ連れて行こうと思うよ。友達がもしポチの恰好を笑ったら、ぶん殴ってやる。卵あるかい？」

「ええ。」家内は、浮かぬ顔をしていた。

「ポチにやれ。二つ在るなら、二つやれ。おまえも我慢しろ。皮膚病なんてのは、すぐなおるよ。」

「ええ。」家内は、やはり浮かぬ顔をしていた。

高橋源一郎・選

散華

「散華」は昭和十九年に発表された短編。太宰の下には、たくさんの（作家志望の）学生たちが訪れた。そのうちの一人が、戦地から送った手紙は以下の通り。「御元気ですか。／遠い空から御伺いします。／無事、任地に着きました。／大いなる文学のために、／死んで下さい。／自分も死にます、／この戦争のために。」。その学生は、この手紙を投函した後、玉砕した。この手紙に、作家はどう応じたのか。見事だと思う。読んで下さい。

高橋源一郎

玉砕という題にするつもりで原稿用紙に、玉砕と書いてみたが、それはあまりに美しい言葉で、私の下手な小説の題などには、もったいない気がして来て、玉砕の文字を消し、題を散華と改めた。

ことし、私は二人の友人と別れた。早春に三井君が死んだ。それから五月に三田君が、北方の孤島で玉砕した。三井君も、三田君も、まだ二十六、七歳くらいであった筈である。

三井君は、小説を書いていた。一つ書き上げる度毎に、それを持って、勢い込んで私のところへやって来る。がらがらがらっと、玄関の戸をひどく音高くあけてはいって来る。作品を持って来た時に限って、がらがらがらっと音高くあけてはいって来る。作品を携帯していない時には、玄関をそっとあけてはいって来る。だから、三井君が私の家の玄関の戸を、がらがらがらっと音高くあけてはいって来た時には、ああ三井が、また一つ小説を書き上げたな、とすぐにわかるのである。三井君の小説は、ところどころ澄んで美しかったけれども、全体がよろよろして、どうもいけなかった。脊骨を忘れている小説だった。それでも段々よくなって来ていたが、いつも私に悪口を言われ、死ぬまで一度もほめられなかった。肺がわるかったようである。けれども自分のその病気に就いては、あまり私に語らなかった。「においませんか。」と或る日、ふいと言った事がある。「僕のからだ、くさいでしょう?」

その日、三井君が私の部屋にはいって来た時から、くさかった。

「いや、なんともない。」

「そうですか。においませんか。」

いや、お前はくさい。とは言えない。

「二、三日前から、にんにくを食べているんです。あんまり、くさいようだったら帰ります。」

「いや、なんともない。」相当からだが、弱って来ているのだな、とその時、私にわかった。

三井は、からだに気をつけなけりゃいかんな、いますぐ、いいものなんか書けやしないのだし、からだを丈夫にして、それから小説でも何でも、好きな事をはじめるように、君から強く言ってやったらどうだろう、と私は、三井君の親友にたのんだ事がある。そうして、三井君の親友は、私のその言葉を三井君に伝えたらしく、それ以来、三井君は私のところへ来なくなった。

私のところへ来なくなって、三箇月か四箇月目に三井君は死んだ。私は、三井君の親友から葉書でその逝去の知らせを受けたのである。このような時代に、からだが悪くて兵隊にもなれず、病床で息を引きとる若いひとは、あわれである。あとで三井君の親友から聞いたが、三井君には、疾患をなおす気がなかったようだ。御母堂と三井君と二人きりのわびしい御家庭のようであるが、病勢がよほどすすんでからでも、三井君は、御母堂の眼をぬすんで、病床から抜け出し、巷を歩き、おしるこなど食べて、夜おそく帰宅する事がしばしばあったようである。御母堂は、はらはらしながらも、また心の片隅では、そんなに平然と外出する三井君の元気に頼って、まだまだ大丈夫と思っていらっしゃったようでもある。三井君は、死ぬる二、三日前まで、そのように気軽な散歩を試みていたらしい。三井君の臨終の美しさは比類が無い。美しさ、などという無責任なお座なりめいた巧言は、あまり使いたくないのだが、でも、それは実際、美しいのだから仕様がない。三井君は寝ながら、枕頭のお針仕事をしていらっしゃる御母堂を相手に、しずかに世間話をしていた。ふと口を噤んだ。それきりだったのである。うらうらと晴れて、まったく少しも風の無い春の日に、それでも、桜の花が花自身の重さに堪えかねるのか、おのずから、ざっとこぼれるように散って、小さい花吹雪を現出させる事がある。机上のコップに投入れて置いた薔薇の大輪が、深夜、くだけるように、ばらりと落ち散る事がある。風のせいではない。おのずから散るのである。天地の溜息と共に散るのである。空を飛ぶ神の白絹の御衣《おんぞ》のお裾に触れて散るのである。私は三井君を、神のよほどの寵児だったのではなかろうかと思った。私のような者には、とても理解できぬくらいに貴い品性を有《も》っていた人ではなかったろうかと思った。人間の最高の栄冠は、美しい臨終以外のものではないと思った。小説の上手下手など、まるで問題にも何もなるものではないと思った。

もうひとり、やはり私の年少の友人、三田循司君は、ことしの五月、ずば抜けて美しく玉砕した。三田君の場合は、散華という言葉もなお色あせて感ぜられる。北方の一孤島に於いて見事に玉砕し、護国の神となられた。

三田君が、はじめて私のところへやって来たのは、昭和十五年の晩秋ではなかったろうか。夜、戸石君と二人で、三鷹の陋屋に訪ねて来たのが、最初であったような気がする。戸石君に聞き合せると更にはっきりするのであるが、戸石君も已に立派な兵隊さんになっていて、こないだも、

「三田さんの事は野営地で知り、何とも言えない気持でした。桔梗と女郎花の一面に咲いている原で一しお淋しく思いました。あまり三田さんらしい死に方なので。自分も、いま暫くで、三田さんの親友として恥かしからぬ働きをしてお目にかける事が出来るつもりでありますが。」

というようなお便りを私に寄こしている状態なので、いますぐ問い合せるわけにもゆかない。

私のところへ、はじめてやって来た頃は、ふたり共、東京帝大の国文科の学生であった。三田君は岩手県花巻町の生れで、戸石君は仙台、そうして共に第二高等学校の出身者であった。四年も昔の事であるから、記憶は、はっきりしないのだが、晩秋の（ひょっとしたら初冬であったかも知れぬ）一夜、ふたり揃って三鷹の陋屋に訪ねて来て、戸石君は絣の着物にセルの袴、三田君は学生服で、そうして私たちは卓をかこんで、戸石君は床の間をうしろにして坐り、三田君は私の左側に坐ったように覚えている。

その夜の話題は何であったか。ロマンチシズム、新体制、そんな事を戸石君は無邪気に質問したのではなかったかしら。その夜は、おもに私と戸石君と二人で話し合ったような形になって、三田君は傍で、微笑んで聞いていたが、時々かすかに首肯《うなず》き、その首肯き方が、私の話のたいへん大事な箇所だけを敏感にとらえているようだったので、私は戸石君の方を向いて話をしながら、左側の三田君によけい注意を払っていた。どちらがいいというわけではない。人間には、そのような二つの型があるようだ。二人づれで私のところにやって来ると、ひとりは、もっぱら華やかに愚問を連発して私にからかわれても恐悦の態《てい》で、そうして私の答弁は上の空で聞き流し、ただひたすら一座を気まずくしないように努力して、それからもうひとりは、少し暗いところに坐って黙って私の言葉に耳を澄ましている。愚問を連発する、とは言っても、その人が愚かしい人だから愚問を連発するというわけではない。その人だって、自分の問いが、たいへん月並みで、ぶざまだという事は百も承知である。質問というものは、たいてい愚問にきまっているものだし、また、先輩の家へ押しかけて行って、先輩を狼狽赤面させるような賢明な鋭い質問をしてやろうと意気込んでいる奴は、それこそ本当の馬鹿か、気違いである。気障ったらしくて、見て居られないものである。愚問を発する人は、その一座の犠牲になるのを覚悟して、ぶざまの愚問を発し、恐悦がったりして見せているのである。尊い犠牲心の発露なのである、二人づれで来ると、たいていひとりは、みずからすすんで一座の犠牲になるようだ。そうしてその犠牲者は、妙なもので、必ず上座に坐っている。それから、これもきまったように、美男子である。そうして、きっと、おしゃれである。扇子を袴のうしろに差して来る人もある。まさか、戸石君は、扇子を袴のうしろに差して来たりなんかはしなかったけれども、陽気な美男子だった事は、やはり例に漏れなかった。戸石君はいつか、しみじみ私に向って述懐した事がある。

「顔が綺麗だって事は、一つの不幸ですね。」

私は噴き出した。とんでもない人だと思った。戸石君は剣道三段で、そうして、身の丈六尺に近い人である。私は、戸石君の大きすぎる図体に、ひそかに同情していたのである。兵隊へ行っても、合う服が無かったり、いろいろ目立って、からかわれ、人一倍の苦労をするのではあるまいかと心配していたのであったが、戸石君からのお便りによると、

「隊には小生よりも脊の大きな兵隊が二三人居ります。しかしながら、スマートというものは八寸五分迄に限るという事を発見いたしました。」

ということで、ご自分が、その八寸五分のスマートに他ならぬと固く信じて疑わぬ有様で、まことに春風駘蕩とでも申すべきであって、

「僕の顔にだって、欠点はあるんですよ。誰も気がついていないかも知れませんけど。」

とさえ言った事などもあり、とにかく一座を賑やかに笑わせてくれたものである。

戸石君は、果して心の底から自惚れているのかどうか、それはわからない。少しも自惚れてはいないのだけれども、一座を華やかにする為に、犠牲心を発揮して、道化役を演じてくれたのかも知れない。東北人のユウモアは、とかく、トンチンカンである。

そのように、快活で愛嬌のよい戸石君に比べると、三田君は地味であった。その頃の文科の学生は、たいてい頭髪を長くしていたものだが、三田君は、はじめから丸坊主であった。眼鏡をかけていたが、鉄縁の眼鏡であったような気がする。頭が大きく、額が出張って、眼の光りも強くて、俗にいう「哲学者のような」風貌であった。自分からすすんで、あまりものを言わなかったけれども、人の言ったことを理解するのは素早かった。戸石君と二人でやって来る事もあったし、また、雨にびっしょり濡れてひとりでやって来た事もあった。また、他の二高出身の帝大生と一緒にやって来た事もあった。三鷹駅前のおでん屋、すし屋などで、実にしばしば酒を飲んだ。三田君は、酒を飲んでもおとなしかった。酒の席でも、戸石君が一ばん派手に騒いでいた。

けれども、戸石君にとっては、三田君は少々苦手であったらしい。三田君は、戸石君と二人きりになると、訥々たる口調で、戸石君の精神の弛緩を指摘し、も少し真剣にやろうじゃないか、と攻めるのだそうで、剣道三段の戸石君も大いに閉口して、私にその事を訴えた。

「三田さんは、あんなに真面目な人ですからね、僕は、かなわないんですよ。三田さんの言う事は、いちいちもっともだと思うし、僕は、どうしたらいいのか、わからなくなってしまうのですよ。」

六尺ちかい偉丈夫も、ほとんど泣かんばかりである。理由はどうあろうとも、旗色の悪いほうに味方せずんばやまぬ性癖を私は有っている。私は或る日、三田君に向ってこう言った。

「人間は真面目でなければいけないが、しかし、にやにや笑っているからといってその人を不真面目ときめてしまうのも間違いだ。」

敏感な三田君は、すべてを察したようであった。それから、あまり私のところへ来なくなった。そのうちに三田君は、からだの具合いを悪くして入院したようである。

「とても、苦しい。何か激励の言葉を送ってよこして下さい。」というような意味の葉書を再三、私は受け取った。

けれども私は、「激励の言葉を」などと真正面から要求せられると、てれて、しどろもどろになるたちなので、その時にも、「立派な言葉」を一つも送る事が出来ず、すこぶる微温的な返辞ばかり書いて出していた。

からだが丈夫になってから、三田君は、三田君の下宿のちかくの、山岸さんのお宅へ行って、熱心に詩の勉強をはじめた様子であった。山岸さんは、私たちの先輩の篤実な文学者であり、三田君だけでなく、他の四、五人の学生の小説や詩の勉強を、誠意を以て指導しておられたようである。山岸さんに教えられて、やがて立派な詩集を出し、世の達識の士の推頌《すいしょう》を得ている若い詩人が已に二、三人あるようだ。

「三田君は、どうです。」とその頃、私は山岸さんに尋ねた事がある。

山岸さんは、ちょっと考えてから、こう言った。

「いいほうだ。いちばんいいかも知れない。」

私は、へえ？ と思った。そうして赤面した。私には、三田君を見る眼が無かったのだと思った。私は俗人だから、詩の世界がよくわからんのだ、と間のわるい思いをした。三田君が私から離れて山岸さんのところへ行ったのは、三田君のためにも、とてもいい事だったと思った。

三田君は、私のところに来ていた時分にも、その作品を私に二つ三つ見せてくれた事があったのだけれども、私はそんなに感心しなかったのだ。戸石君は大いに感激して、「こんどの三田さんの詩は傑作ですよ。どうか一つ、ゆっくり読んでみて下さい。」と、まるで自分が傑作を書いたみたいに騒ぐのであるが、私には、それほどの傑作とも思えなかった。決して下品な詩ではなかった。いやしい匂いは、少しも無かった。けれども私には、不満だった。

私は、ほめなかった。

しかし、私には、詩というものがわからないのかも知れない。山岸さんの「いいほうだ」という判定を聞いて、私は三田君のその後の詩を、いちど読んでみたいと思った。三田君も山岸さんに教えられて、或いは、ぐんぐん上達したのかも知れないと思った。

けれども、私がまだ三田君のその新しい作品に接しないうちに、三田君は大学を卒業してすぐに出征してしまったのである。

いま私の手許に、出征後の三田君からのお便りが四通ある。もう二、三通もらったような気がするのだけれども、私は、ひとからもらった手紙を保存して置かない習慣なので、この四通が机の引出の中から出て来たのさえ不思議なくらいで、あとの二、三通は永遠に失われたものと、あきらめなければなるまい。

太宰さん、御元気ですか。

何も考え浮びません。

無心に流れて、

そうして、

軍人第一年生。

当分、

「詩」は、

頭の中に、

うごきませんようです。

東京の空は？

というのが、四通の中の、最初のお便りのようである。この頃、三田君はまだ、原隊に在って訓練を受けていた様子である。これは、たどたどしい、甘えているようなお便りである。正直無類のやわらかな心情が、あんまり、あらわに出ているので、私は、はらはらした。山岸さんから「いちばんいい」という折紙をつけられている人ではないか。も少し、どうにかならんかなあ、と不満であった。私は、年少の友に対して、年齢の事などちっとも斟酌せずに交際して来た。年少の故に、その友人をいたわるとか、可愛がるとかいう事は私には出来なかった。可愛がる余裕など、私には無かった。私は、年少年長の区別なく、ことごとくの友人を尊敬したかった。尊敬の念を以て交際したかった。だから私は、年少の友人に対しても、手加減せずに何かと不満を言ったものだ。野暮な田舎者の狭量かも知れない。私は三田君の、そのような、うぶなお便りを愛する事が出来なかった。

それから、しばらくしてまた一通。これも原隊からのお便りである。

拝啓。

ながい間ごぶさた致しました。

御からだいかがですか。

全くといっていいほど、
何も持っていません。
泣きたくなるようでもあるし、
しかし、
信じて頑張っています。
前便にくらべると、苦しみが沈潜して、何か充実している感じである。私は、三田君に声援を送った。けれども、まだまだ三田君を第一等の日本男児だとは思っていなかった。まもなく、函館から一通、お便りをいただいた。
太宰さん、御元気ですか。
私は元気です。
もっともっと、
頑張らなければなりません。
御身体、大切に、
御奮闘祈ります。
あとは、ブランク。
こうして書き写していると、さすがに、おのずから溜息が出て来る。可憐なお便りである。もっともっと、頑張らなければなりません、という言葉が、三田君ご自身に就いて言っているのであろうが、また、私の事を言っているようにも感ぜられて、こそばゆい。あとはブランク、とご自身で書いているのである。御元気ですか、私は元気です、という事のほかには、なんにも言いたい事が無かったのであろう。純粋な衝動が無ければ、一行の文章も書けない所謂「詩人気質」が、はっきり出ている。

けれども、私は以上の三通のお便りを紹介したくて、この「散華」という小説に取りかかったのでは決してない。はじめから私の意図は、たった一つしか無かった。私は、最後の一通を受け取ったときの感動を書きたかったのである。それは、北海派遣××部隊から発せられたお便りであって、受け取った時には、私はその××部隊こそ、アッツ島守備の尊い部隊だという事などは知る由も無いし、また、たといアッツ島とは知っていても、その後の玉砕を予感できるわけは無いのであるから、私はその××部隊の名に接しても、格別おどろきはしなかった。私は、三田君の葉書の文章に感動したのだ。

御元気ですか。

遠い空から御伺いします。

無事、任地に着きました。

大いなる文学のために、

死んで下さい。

自分も死にます、
この戦争のために。

死んで下さい、というその三田君の一言が、私には、なんとも尊く、ありがたく、うれしくて、たまらなかったのだ。これこそは、日本一の男児でなければ言えない言葉だと思った。

「三田君は、やっぱりいいやつだねえ。実に、いいところがある。」と私は、その頃、山岸さんにからりとした気持で言った事がある。いまは、心の底から、山岸さんに私の不明を謝したい気持であった。思いをあらたにして、山岸さんと握手したい気持だった。

私には詩がわからぬ、とは言っても、私だって真実の文章を捜して朝夕を送っている男である。まるっきりの文盲とは、わけが違う。少しは、わかるつもりでいるのだ。山岸さんに「いいほうだ。いちばんいいかも知れない」と言われた時にも、私は自分の不明を恥かしく思う一方、なお胸の奥底で「そうかなあ」と頑固に渋って、首をひねっていたところも無いわけではなかったのである。私には、どうも田五作の剛情な一面があるらしく、目前に明白の証拠を展開してくれぬうちは、人を信用しない傾向がある。キリストの復活を最後まで信じなかったトマスみたいなところがある。いけないことだ。「我はその手に釘の痕を見、わが指を釘の痕にさし入れ、わが手をその脅《わき》に差入るるにあらずば信ぜじ」などという剛情は、まったく、手がつけられない。私にも、人のよい、たわいない一面があって、まさかトマスほどの徹底した頑固者でもないようだけれども、でも、うっかりすると、としとってから妙な因業爺になりかねない素質は少しあるらしいのである。私は山岸さんの判定を、素直に全部信じる事が出来なかったのである。「どうかなあ」という疑《ぎ》懼《く》が、心の隅に残っていた。

けれども、あの「死んで下さい」というお便りに接して、胸の障子が一斉にからりと取り払われ、一陣の涼風が颯《さ》っと吹き抜ける感じがした。

うれしかった。よく言ってくれたと思った。大出来の言葉だと思った。戦地へ行っているたくさんの友人たちから、いろいろと、もったいないお便りをいただくが、私に「死んで下さい」とためらわず自然に言ってくれたのは、三田君ひとりである。なかなか言えない言葉である。こんなに自然な調子で、それを言えるとは、三田君もついに一流の詩人の資格を得たと思った。私は、詩人というものを尊敬している。純粋の詩人とは、人間以上のもので、たしかに天使であると信じている。だから私は、世の中の詩人たちに対して期待も大きく、そうして、たいてい失望している。天使でもないのに詩人と自称して気取っているへんな人物が多いのである。けれども、三田君は、そうではない。たしかに、山岸さんの言うように「いちばんいい詩人」のひとりであると私は信じた。三田君に、このような美しい便りを書かせたものは、なんであったか。それを、はっきり知ったのは、よほどあとの事である。とにかく私は、山岸さんの説に、心から承服できたという事が、うれしくて、たまらなかった。

「三田君は、いい。たしかに、いい。」と私は山岸さんに言い、それは私ひとりだけが知っている、ささやかな和解の申込みであったのだが。けれども、この世に於いて、和解にまさるよろこびは、そんなにたくさんは無い筈だ。私は、山岸さんと同様に、三田君を「いちばんよい」と信じ、今後の三田君の詩業に大いなる期待を抱いたのであるが、三田君の作品は、まったく別の形で、立派に完成せられた。アッツ島に於ける玉砕である。

御元気ですか。
遠い空から御伺いします。
無事、任地に着きました。
大いなる文学のために、
死んで下さい。
自分も死にます、
この戦争のために。

ふたたび、ここに三田君のお便りを書き写してみる。任地に第一歩を印した時から、すでに死ぬる覚悟をしておられたらしい。自己のために死ぬのではない。崇高な献身の覚悟である。そのような厳粛な決意を持っている人は、ややこしい理窟などは言わぬものだ。激した言い方などはしないものだ。つねに、このように明るく、単純な言い方をするものだ。そうして底に、ただならぬ厳正の決意を感じさせる文章を書くものだ。繰り返し繰り返し読んでいるうちに、私にはこの三田君の短いお便りが実に最高の詩のような気さえして来たのである。アッツ玉砕の報を聞かずとも、私はこのお便りだけで、この年少の友人を心から尊敬する事が出来たのである。純粋の献身を、人の世の最も美しいものとしてあこがれ努力している事に於いては、兵士も、また詩人も、あるいは私のような巷の作家も、違ったところは無いのである。

ことしの五月の末に、私はアッツ島の玉砕をラジオで聞いたが、まさか三田君が、その玉砕の神の一柱であろうなどとは思い設けなかった。三田君が、どこで戦っているのか、それさえ私たちには、わかっていなかったのである。

あれは、八月の末であったか、アッツ玉砕の二千有余柱の神々のお名前が新聞に出ていて、私は、その列記せられてあるお名前を順々に、ひどくていねいに見て行って、やがて三田循司という姓名を見つけた。決して、三田君の名前を捜していたわけではなかった。

なぜだか、ただ私は新聞のその面を、ひどくていねいに見ていたのである。そうして、三田循司という名前を見つけて、はっと思ったが、同時にまた、非常に自然の事のようにも思われた。はじめから、この姓名を捜していたのだというような気さえして来た。家の者に知らせたら、家の者は顔色を変えて驚愕していたが、私には「やっぱり、そうか」という首肯の気持のほうが強かった。

けれども、さすがにその日は、落ちつかなかった。私は山岸さんに葉書を出した。「三田君がアッツ玉砕の神の一柱であった事を、ただいま新聞で知りました。三田君を偲ぶために、何かよい御計画でもありましたならば、お知らせ下さい。」というような意味の事を書いて出したように記憶している。

二、三日して山岸さんから御返事が来た。山岸さんも、三田君のアッツ玉砕は、あの日の新聞ではじめて知った様子で、自分は三田君の遺稿を整理して出版する計画を持っているが、それに就いて後日いろいろ相談したい、という意味の御返事であった。遺稿集の題は「北極星」としたい気持です、小生は三田と或る夜語り合った北極星の事に就いて何か書きたい気持です、ともそのお葉書にしたためられてあった。

それから間もなく、山岸さんは、眼の大きな脊の高い青年を連れて三鷹の陋屋にやって来た。

「三田の弟さんだ。」山岸さんに紹介せられて私たちは挨拶を交した。

やはり似ている。気弱そうな微笑が、兄さんにそっくりだと思った。

私は弟さんからお土産をいただいた。桐の駒下駄と、林檎を一籠いただいた。山岸さんは註釈を加えて、

「僕のうちでも、林檎と駒下駄をもらった。林檎はまだ少しすっぱいようだから、二、三日置いてたべるといいかも知れない。駒下駄は僕と君とお揃いのを一足ずつ。気持のいいお土産だろう？」

弟さんは遺稿集に就いての相談もあり、また、兄さんの事を一夜、私たちと共に語り合いたい気持もあって、その前日、花巻から上京して来たのだという。

私の家で三人、遺稿集の事に就いて相談した。

「詩を全部、載せますか。」と私は山岸さんに尋ねた。

「まあ、そんな事になるだろうな。」

「初期のは、あんまりよくなかったようですが。」と私は、まだ少しこだわっていた。これいの田五作の剛情である。因業爺の卵である。

「そんな事を言ったって。」と、山岸さんは苦笑して、それから、すぐに賢明に察したらしく、「こりゃどうも、太宰のさきには死なれないね。どんな事を言われるか、わかりゃ

しない。」

私は、開巻第一頁に、三田君のあのお便りを、大きい活字で組んで載せてもらいたかったのである。あとの詩は、小さい活字だって構わない。それほど私はあのお便りの言々句々が好きなのである。

御元気ですか。
遠い空から御伺いします。
無事、任地に着きました。
大いなる文学のために、
死んで下さい。
自分も死にます、
この戦争のために。

中村文則・選

渡り鳥

太宰の語り口は天才的で、この作品はその見事さがより凝縮し表現されているように思う。

言葉の選択、リズム、途中から長く独白となるタイミング、その長さも完璧。書かれていることは陰々滅々としてるのにトーンは軽妙で、太宰はこれを書いている時、内容とは裏腹に心地よい熱を感じていたのではないか。才気溢れる文体を楽しめる一篇。

中村文則

おもてには快楽《けらく》をよそい、心には悩みわずらう。
――ダンテ・アリギエリ

晩秋の夜、音楽会もすみ、日比谷公会堂から、おびただしい数の烏《からす》が、さまざまの形をして、押し合い、もみ合いしながらぞろぞろ出て来て、やがておのおのの家路に向って、むらむらぱっと飛び立つ。

「山名先生じゃ、ありませんか？」

呼びかけた一羽の烏は、無帽蓬髪《ほうはつ》の、ジャンパー姿で、痩せて脊の高い青年である。

「そうですが、……」

呼びかけられた烏は中年の、太った紳士である。青年にかまわず、有楽町のほうに向ってどんどん歩きながら、

「あなたは？」

「僕ですか？」

青年は蓬髪を掻き上げて笑い、

「まあ、一介のデリッタンティとでも、……」

「何かご用ですか？」

「ファンなんです。先生の音楽評論のファンなんです。このごろ、あまりお書きにならぬようですね。」

「書いていますよ。」

しまった！　と青年は、暗闇の中で口をゆがめる。この青年は、東京の或る大学に籍を有しているのだが、制帽も制服も持っていない。そうして、ジャンパーと、それから間著《あいぎ》の背広服を一揃い持っている。肉親からの仕送りがまるで無い様子で、或る時は靴磨きをした事もあり、また或る時は宝くじ売りをした事もあって、この頃は、表看板は或る出版社の編輯の手伝いという事にして、またそれも全くの出鱈目では無いが、裏でちょいちょい闇商売などに参画しているらしいので、ふところは、割にあたたかの模様である。

「音楽は、モオツァルトだけですね。」

お世辞の失敗を取りかえそうとして、山名先生のモオツァルト礼讃の或る小論文を思い出し、おそるおそるひとりごとみたいに呟いて先生におもねる。

「そうとばかりも言えないが、……」

しめた！　少しご機嫌が直って来たようだ。賭けてもいい、この先生の、外套の襟の蔭の頬が、ゆるんだに違いない。

青年は図に乗り、

「近代音楽の堕落は、僕は、ベートーヴェンあたりからはじまっていると思うのです。音楽が人間の生活に向き合って対決を迫るとは、邪道だと思うんです。音楽の本質は、あくまでも生活の伴奏であるべきだと思うんです。僕は今夜、久し振りにモオツァルトを聞き、音楽とは、こんなものだとつくづく、……」

「僕は、ここから乗るがね。」

有楽町駅である。

「ああ、そうですか、失礼しました。今夜は、先生とお話が出来て、うれしかったです。」

ズボンのポケットに両手を突っ込んだまま、青年は、軽くお辞儀をして、先生と別れ、くるりと廻れ右をして銀座のほうに向う。

ベートーヴェンを聞けば、ベートーヴェンさ。モオツァルトを聞けば、モオツァルトさ。どっちだっていいじゃないか。あの先生、口髭をはやしていやがるけど、あの口髭の趣味は難解だ。うん、どだいあの野郎には、趣味が無いのかも知れん。うん、そうだ、評論家というものには、趣味が無い、したがって嫌悪も無い。僕も、そうかも知れん。なさけなし。しかし、口髭……。口髭を生やすと歯が丈夫になるそうだが、誰かに食らいつくため、まさか。宮さまがあったな。洋服に下駄ばきで、そうしてお髭が見事だった。お可哀そうに。実に、おん心理を解するに苦しんだな。髭がその人の生活に対決を迫っている感じ、とでも言おうか。寝顔が、すごいだろう。僕も、生やして見ようかしら。すると何かまた、わかる事があるかも知れない。マルクスの口髭は、ありゃ何だ。いったいあれは、どういう構造になっているのかな。トウモロコシを鼻の下にさしはさんでいる感じだ。不可解。デカルトの口髭は、牛のよだれのようで、あれがすなわち懐疑思想……。おや？　あれは、誰だったかな？　田辺さんだ、間違い無し。四十歳、女もしかし、四十になると、……いつもお小遣い銭を持っているから、たのもしい。どだい彼女は、小造りで若く見えるから、たすかる。

「田辺さん。」

うしろから肩を叩く。げえっ！　緑のベレ帽。似合わない。よせばいいのに。イデオロギストは、趣味を峻拒すか。でも、としを考えなさい、としを。

「どなたでしたかしら？」

近眼かい？　溜息が出るよ。

「クレヨン社の、……」

名前まで言わせる気かい。蓄膿症じゃないかな？

「あ、失礼。柳川さん。」

それは仮名で、本名は別にあるんだけれど、教えてやらないよ。

「そうです。こないだは、ありがとう。」

「いいえ、こちらこそ。」

「どちらへ？」

「あなたは？」

用心していやがる。

「音楽会。」

「ああ、そう。」

安心したらしい。これだから、時々、音楽会なるものに行く必要があるんだ。

「わたくし、うちへ帰りますの、地下鉄で。新聞社にちょっと用事があったもので、……」

何の用事だろう。嘘だ。男と逢って来たんじゃないか？　新聞社に用事とは、大きく出たね。どうも女の社会主義者は、虚栄心が強くて困る。

「講演ですか？」

見ろ、顔もあからめない。

「いいえ、組合の、……」

組合？　紋切型辞典に曰く、それは右往左往して疲れて、泣く事である。多忙のシノニム。

僕も、ちょっぴり泣いた事がある。

「毎日、たいへんですね。」

「ええ、疲れますわ。」

こう来なくちゃ嘘だ。

「でも、いまは民主革命の絶好のチャンスですからね。」

「ええ、そう。チャンスです。」

「いまをはずしたら、もう、永遠に、……」

「いいえ、でも、わたくしたちは絶望しませんわ。」

またもお世辞の失敗か。むずかしいものだ。

「お茶でも飲みましょう。」

たかってやれ。

「ええ、でも、わたくし、今夜は失礼しますわ。」

ちゃっかりしていやがる。でも、こんな女房を持ったら、亭主は楽だろう。やりくりが上手にちがい無い。まだ、みずみずしさも、残っている。

四十女を見れば、四十女。三十女を見れば、三十女。十六七を見れば、十六七。ベートーヴェン。モオツァルト。山名先生。マルクス。デカルト。宮さま。田辺女史。しかし、もう、僕の周囲には誰もいない。風だけ。

何か食おうかなあ。胃の具合いが、どうも、……音楽会は胃に悪いものかも知れない。げっぷを怺《こら》えたのが、いけなかった。

「おい、柳川君！」

ああ、いい名じゃない。川柳のさかさまだ。柳川鍋。いけない、あすからペンネームを変えよう。ところで、こいつは誰だったっけ。物凄いぶおとこだなあ。思い出した。うちの社へ、原稿を持ち込んで来た文学青年だ。つまらん奴と逢ったなあ。酔っていやがる。僕にたかる気かも知れない。よそよそしくしてやろう。

「ええっと、どなたでしたっけ。失礼ですが。」

ことに依ると、たかられるかも知れない。

「いつか、クレヨン社に原稿を持ち込んで、あなたに荷風の猿真似だと言われて引下った男ですよ。お忘れですか？」

脅迫するんじゃねえだろうな。僕は、猿真似とは言わなかった筈だが。エピゴーネン、いや、イミテーションと言ったかしら。とにかく僕は、あの原稿は一枚も読んでいなかった。題が、いけなかったんだよ、ええっと、何だったっけな、「或る踊子の問わず語り」こっちが狼狽して赤面したね。馬鹿な奴もあったものだ。

「思い出しました。」

いんぎん鄭重に取り扱うに限る。何せ、相手は馬鹿なんだからな。殴られちゃ、つまらない。でも、弱そうだ。こいつには、勝てると思うが、しかし、人は見かけに依らぬ事もあるから、用心に如くはない。

「題をかえましたよ。」

ぎょっとするわい。よくそこに気が附いたね。まんざら馬鹿でもないらしい。

「そうですか。そのほうが、いいかも知れませんですね。」

興味無し。興味無し。

「男女合戦、と直しました。」

「男女合戦、……」

二の句がつげない。馬鹿野郎。ものには程度があるぜ。シラミみたいな奴だ。傍へ寄るな、けがれる。これだから、文学青年は、いやさ。

「売れましてね。」

「え？」

「売れたんですよ、あの原稿が。」

　奇蹟以上だ。新人の出現か。気味が悪くなって来た。こんな、ヒョットコの鼻つまりみたいな顔をしていても、案外、天才なのかも知れない。慄然。おどかしやがる。これだから、僕は、文学青年ってものは苦手なんだ。とにかくお世辞を言おう。

「題が面白いですものねえ。」

「ええ、時代の好みに合ったというわけなんです。」

　ぶん殴るぜ、こんちきしょう。いい加減にし給え。神をおそれよ。絶交だ。

「きょうね、原稿料をもらってね、それがね、びっくりするほど、たくさんなんです。さっきから、あちこち飲み歩いても、まだ半分以上も残っているんです。」

　ケチな飲み方をするからだよ。いやな奴だねえ。金があるからって、威張っていやがる。残金三千円とにらんだが、違うか？　待てよ、こいつ、トイレットで、こっそり残金を調べやがったな。そうでなければ、半分以上残ってるなんて、確言できる筈はない。やった、やったんだ。よくあるやつさ。トイレットの中か、または横丁の電柱のかげで酔っていながら、残金を一枚二枚と数えて、溜息ついて、思い煩うな空飛ぶ鳥を見よ、なんて力無く呟いてさ、いじらしいものだよ。実は、僕にも覚えがあらあ。

「今夜これから、残金全部使ってしまうつもりなんですがね、つき合ってくれませんか。どこか、あなたのなじみの飲み屋でもこの辺にあったら、案内して下さい。」

失敬、見直した。しかし、金は本当に持っているんだろうな。割勘などは、愉快でない。念のため、試問しよう。

「あるにはあるんですけど、そこは、ちょっと高いんですよ。案内して、あなたに後で、うらまれちゃあ、……」

「かまいません。三千円あったら、大丈夫でしょう。これは、あなたにお渡し致しますから、今夜、二人で使ってしまいましょう。」

「いや、それはいけません。よそのひとのお金をあずかると、どうも、責任を感じて僕はうまく酔えません。」

面《つら》のぶざいくなのに似合わず、なかなか話せる男じゃないか。やはり小説を書くほどの男には、どこか、あっさりしたところがある。イナセだよ。モオツァルトを聞けば、モオツァルト。文学青年と逢えば、文学青年。自然にそうなって来るんだから不思議だ。

「それじゃあ、今夜は、大いに文学でも談じてみますか。僕は、あなたの作品には前から好意を感じていたのですがね、どうも、編輯長がねえ、保守的でねえ。」

竹田屋に連れて行こう。あそこに、僕の勘定がまだ千円くらいあった筈だから、ついでに払ってもらいましょう。

「ここですか?」

「ええ、きたないところですがね、僕はこんなところで飲むのが好きなんです。あなたは、どうです。」

「わるくないですね。」

「はあ、趣味が合いました。飲みましょう。乾杯。趣味というものは、むずかしいものでしてね。千の嫌悪から一つの趣味が生れるんです。趣味の無いやつには、だから嫌悪も無いんです。飲みましょう、乾杯。大いに今夜は談じ合おうじゃありませんか。あなたは案外、無口なお方のようですね。沈黙はいけません。あれには負けます。あれは僕らの最大の敵ですね。こんなおしゃべりをするという事は、これは非常な自己犠牲で、ほとんど人間の、最高の奉仕の一つでしょう。しかも少しも報酬をあてにしていない奉仕でしょう。しかし、また、敵を愛すべし。僕は、僕を活気づける者を愛さずにはおられない。僕らの敵手は、いつも僕らを活気づけてくれますからね。飲みましょう。馬鹿者はね、ふざける事は真面目でないと信じているんです。また、洒落は返答でないと思ってるらしい。そうして、いやに卒直なんて態度を要求する。しかし、卒直なんてものはね、他人にさながら神経のないもののように振舞う事です。他人の神経をみとめない。だからですね、余りに感受性の強い人間は、他人の苦痛がわかるので、容易に卒直になれない。卒直なんてのは、これは、暴力ですよ。だから僕は、老大家たちが好きになれないんだ。ただ、あいつらの腕力が、こわいだけだ。（狼が羊を食うのはいけない。あれは不道徳だ。じつに不愉快だ。おれがその羊を食うべきものなのだから。）なんて乱暴な事を平然と言い出しそうな感じの人たちばかりだ。どだい、勘がいいなんて、あてになるものじゃない。智慧を伴わない直覚は、アクシデントに過ぎない。まぐれ当りさ。飲みましょう、乾杯。談じ合いましょう。我らの真の敵は無言だ。どうも、言えば言うほど不安になって来る。誰かが袖をひいている。そっと、うしろを振りかえってみたい気持。だめなんだなあ、やっぱり、僕は。最も偉大な人物はね、自分の判断を思い切り信頼し得た人々です、最も馬鹿な奴も、また同じですがね。でも、もう、よしましょうか、悪口は。どうも、われながら、あまり上品でない。もともと、この悪口というものには、大向う相手のケチな根性がふくまれているものですからね。飲みましょう、文学を談じましょう。文学論は、面白いものですね。ああ、新人と逢えば新人、老大家と逢えば老大家、自然に気持がそうなって行くんですから面白いですよ。ところで一つ考えてみましょう。あなたがこれから新作家として登場して、三百万の読者の気にいるためには、いったい、どうしたらよいか。これは、むずかしい事です。しかし、絶望してはいけません。これはね、いいですか？　特に選ばれた百人以外の読者には気にいられないようにするよりは、ずっと楽な事業です。ところで、何百万人の気にいる作家は、常にまた自分自身でも気にいっているのだが、少数者にしか気にいられない作家は、たいてい、自分自身でも気にいらないのです。これは、みじめだ。さいわい、あなたの作品は、あなたご自身に気にいっているようですから、やはり、三百万の読者にも気にいって、大流行作家になれる見込みがあると思う。絶望しては、いけません。いまはやりの言葉で言えば、あなたには、可能性がある。飲みましょう、乾杯。作家殿、貴殿は一人の読者に千度読まれるのと、十万の読者に一度読まれるのと、いったい、いずれをお望みかな? とおたずねすると、かの文筆の士なるものは、十万の読者に千度読まれとうござる、と答えてきょろりとしていらっしゃる。おやりなさい、大いにおやりなさい。あなたには見込みがあります。荷風の猿真似だって何だってかまやしませんよ。もともと、このオリジナリテというものは、胃袋の問題でしてね、他人の養分を食べて、それを消化できるかできないか、原形のままウンコになって出て来たんじゃ、ちょっとまずい。消化しさえすれば、それでもう大丈夫なんだ。昔から、オリジナルな文人なんて、在ったためしは無いんですからね。真にこの名に値いする奴等は世に知られていないばかりでなく、知ろうとしても知り得ない。だから、あなたなんか、安心して可なりですよ。しかし、時たま、我輩こそオリジナルな文人だぞ! という顔をして徘徊している人間もありますけどね、あれはただ、馬鹿というだけで、おそるるところは無い。ああ、溜息が出るわい。あなたの前途は、実に洋々たるものですね。道は広い。そうだ、こんどの小説は、広き門、という題にしたらどうです。門という字には、やはり時代の感覚があるそうですから。失礼します、僕は、少し吐きますよ。大丈夫、ええ、もう大丈夫。ここの酒は、あまりよく無いな。ああ、さっぱりした。さっきから、吐きたくて仕様が無かったんです。人を賞讃しながら酒を飲むと、悪酔いしますね。ところで、そのヴァレリイですがね、あ、とうとう言っちゃった、汝の沈黙に我おのずから敗れたり。僕が今夜ここで言った言葉のほとんど全部が、ヴァレリイの文学論なんです、オリジナリテもクソもあったものでない。胃の具合いが悪かったのでね、消化しきれなくなって、とうとう固形物を吐いちゃった。おのぞみなら、まだまだ言えるんですけどね、それよりは、このヴァレリイの本をあなたにあげたほうが、僕もめんどうでなくていい。さっき古本屋から買って、電車の中で読んだばかりの新智識ですから、まだ記憶に残っているのですけど、あすになったら、僕は忘れてしまうでしょう。ヴァレリイを読めば、ヴァレリイ。モンテーニュを読めば、モンテーニュ。パスカルを読めば、パスカル。自殺の許可は、完全に幸福な人にのみ与えられるってさ。これもヴァレリイ。わるくないでしょう。僕らには、自殺さえ出来ない。この本は、あげます。おうい、おかみさん、ここの勘定をしてくれ。全部の勘定だぜ。全部の。それでは、さきに失敬。羽毛のようでなく、鳥のように軽くなければいけない、とその本に書いてあるぜ。どうすりゃ、いいんだい。」

無帽蓬髪、ジャンパー姿の痩せた青年は、水鳥の如くぱっと飛び立つ。

堀江敏幸・選

富嶽百景

注文通りの富士の美しさから遠ざかろうとして、「私」は逆に、その絵柄の非凡さを再認識します。小刻みに震える語りの言葉は、非凡が平凡の拍を変えた詐術であることを気持ちよく暴き、鋭角の言葉で描かれた鈍角の幸せのありかを教えてくれるでしょう。心の内をあっさり他人のカメラに収めて手放し、笑みさえ浮かべる非凡な「私」が演じてみせた別れの儀式。「富嶽百景」は、不思議な明るさに包まれた怯えの百面相なのです。

堀江敏幸

富士の頂角、広重《ひろしげ》の富士は八十五度、文晁《ぶんちょう》の富士も八十四度くらい、けれども、陸軍の実測図によって東西及南北に断面図を作ってみると、東西縦断は頂角、百二十四度となり、南北は百十七度である。広重、文晁に限らず、たいていの絵の富士は、鋭角である。いただきが、細く、高く、華奢《きゃしゃ》である。北斎にいたっては、その頂角、ほとんど三十度くらい、エッフェル鉄塔のような富士をさえ描いている。けれども、実際の富士は、鈍角も鈍角、のろくさと拡がり、東西、百二十四度、南北は百十七度、決して、秀抜の、すらと高い山ではない。たとえば私が、印度かどこかの国から、突然、鷲にさらわれ、すとんと日本の沼津あたりの海岸に落されて、ふと、この山を見つけても、そんなに驚嘆しないだろう。ニッポンのフジヤマを、あらかじめ憧れているからこそ、ワンダフルなのであって、そうでなくて、そのような俗な宣伝を、一さい知らず、素朴な、純粋の、うつろな心に、果して、どれだけ訴え得るか、そのことになると、多少、心細い山である。低い。裾のひろがっている割に、低い。あれくらいの裾を持っている山ならば、少くとも、もう一・五倍、高くなければいけない。

十国峠から見た富士だけは、高かった。あれは、よかった。はじめ、雲のために、いただきが見えず、私は、その裾の勾配から判断して、たぶん、あそこあたりが、いただきであろうと、雲の一点にしるしをつけて、そのうちに、雲が切れて、見ると、ちがった。私が、あらかじめ印をつけて置いたところより、その倍も高いところに、青い頂きが、すっと見えた。おどろいた、というよりも私は、へんにくすぐったく、げらげら笑った。やっていやがる、と思った。人は、完全のたのもしさに接すると、まず、だらしなくげらげら笑うものらしい。全身のネジが、他愛なくゆるんで、之はおかしな言いかたであるが、帯紐《おびひも》といて笑うといったような感じである。諸君が、もし恋人と逢って、逢ったとたんに、恋人がげらげら笑い出したら、慶祝である。必ず、恋人の非礼をとがめてはならぬ。恋人は、君に逢って、君の完全のたのもしさを、全身に浴びているのだ。

東京の、アパートの窓から見る富士は、くるしい。冬には、はっきり、よく見える。小さい、真白い三角が、地平線にちょこんと出ていて、それが富士だ。なんのことはない、クリスマスの飾り菓子である。しかも左のほうに、肩が傾いて心細く、船尾のほうからだんだん沈没しかけてゆく軍艦の姿に似ている。三年まえの冬、私は或る人から、意外の事実を打ち明けられ、途方に暮れた。その夜、アパートの一室で、ひとりで、がぶがぶ酒のんだ。一睡もせず、酒のんだ。あかつき、小用に立って、アパートの便所の金網張られた四角い窓から、富士が見えた。小さく、真白で、左のほうにちょっと傾いて、あの富士を忘れない。窓の下のアスファルト路を、さかなやの自転車が疾駆し、おう、けさは、やけに富士がはっきり見えるじゃねえか、めっぽう寒いや、など呟きのこして、私は、暗い便所の中に立ちつくし、窓の金網撫でながら、じめじめ泣いて、あんな思いは、二度と繰りかえしたくない。

昭和十三年の初秋、思いをあらたにする覚悟で、私は、かばんひとつさげて旅に出た。

甲州。ここの山々の特徴は、山々の起伏の線の、へんに虚《むな》しい、なだらかさに在る。小島烏水という人の日本山水論にも、「山の拗《す》ね者は多く、此土に仙遊するが如し。」と在った。甲州の山々は、あるいは山の、げてものなのかも知れない。私は、甲府市からバスにゆられて一時間。御坂峠《みさか》へたどりつく。

御坂峠、海抜千三百米。この峠の頂上に、天下茶屋という、小さい茶店があって、井伏鱒二氏が初夏のころから、ここの二階に、こもって仕事をして居られる。私は、それを知ってここへ来た。井伏氏のお仕事の邪魔にならないようなら、隣室でも借りて、私も、しばらくそこで仙遊しようと思っていた。

井伏氏は、仕事をして居られた。私は、井伏氏のゆるしを得て、当分その茶屋に落ちつくことになって、それから、毎日、いやでも富士と真正面から、向き合っていなければならなくなった。この峠は、甲府から東海道に出る鎌倉往還の衝に当っていて、北面富士の代表観望台であると言われ、ここから見た富士は、むかしから富士三景の一つにかぞえられているのだそうであるが、私は、あまり好かなかった。好かないばかりか、軽蔑さえした。あまりに、おあつらいむきの富士である。まんなかに富士があって、その下に河口湖が白く寒々とひろがり、近景の山々がその両袖にひっそり蹲《うずくま》って湖を抱きかかえるようにしている。私は、ひとめ見て、狼狽し、顔を赤らめた。これは、まるで、風呂屋のペンキ画だ。芝居の書割《かきわり》だ。どうにも註文どおりの景色で、私は、恥ずかしくてならなかった。

私が、その峠の茶屋へ来て二、三日経って、井伏氏の仕事も一段落ついて、或る晴れた午後、私たちは三ツ峠へのぼった。三ツ峠、海抜千七百米。御坂峠より、少し高い。急坂を這うようにしてよじ登り、一時間ほどにして三ツ峠頂上に達する。蔦かずら掻きわけて、細い山路、這うようにしてよじ登る私の姿は、決して見よいものではなかった。井伏氏は、ちゃんと登山服着て居られて、軽快の姿であったが、私には登山服の持ち合せがなく、ドテラ姿であった。茶屋のドテラは短く、私の毛臑《けずね》は、一尺以上も露出して、しかもそれに茶屋の老爺から借りたゴム底の地下足袋をはいたので、われながらむさ苦しく、少るし工夫して、角帯をしめ、茶店の壁にかかっていた古い麦藁帽をかぶってみたのであるが、いよいよ変で、井伏氏は、人のなりふりを決して軽蔑しない人であるが、このときだけは流石《さすが》に少し、気の毒そうな顔をして、男は、しかし、身なりなんか気にしないほうがいい、と小声で呟いて私をいたわってくれたのを、私は忘れない。とかくして頂上についたのであるが、急に濃い霧が吹き流れて来て、頂上のパノラマ台という、断崖の縁《へり》に立ってみても、いっこうに眺望がきかない。何も見えない。井伏氏は、濃い霧の底、岩に腰をおろし、ゆっくり煙草を吸いながら、放屁なされた。いかにも、つまらなそうであった。パノラマ台には、茶店が三軒ならんで立っている。そのうちの一軒、老爺と老婆と二人きりで経営しているじみな一軒を選んで、そこで熱い茶を呑んだ。茶店の老婆は気の毒がり、ほんとうに生憎《あいにく》の霧で、もう少し経ったら霧もはれると思いますが、富士は、ほんのすぐそこに、くっきり見えます、と言い、茶店の奥から富士の大きい写真を持ち出し、崖の端に立ってその写真を両手で高く掲示して、ちょうどこの辺に、このとおりに、こんなに大きく、こんなにはっきり、このとおりに見えます、と懸命に註釈するのである。私たちは、番茶をすすりながら、その富士を眺めて、笑った。いい富士を見た。霧の深いのを、残念にも思わなかった。

その翌々日であったろうか、井伏氏は、御坂峠を引きあげることになって、私も甲府までおともした。甲府で私は、或る娘さんと見合することになっていた。井伏氏に連れられて甲府のまちはずれの、その娘さんのお家へお伺いした。井伏氏は、無雑作な登山服姿である。私は、角帯に、夏羽織を着ていた。娘さんの家のお庭には、薔薇がたくさん植えられていた。母堂に迎えられて客間に通され、挨拶して、そのうちに娘さんも出て来て、私は、娘さんの顔を見なかった。井伏氏と母堂とは、おとな同士の、よもやまの話をして、ふと、井伏氏が、

「おや、富士。」と呟いて、私の背後の長押《なげし》を見あげた。私も、からだを捻《ね》じ曲げて、うしろの長押を見上げた。富士山頂大噴火口の鳥瞰《ちょうかん》写真が、額縁にいれられて、かけられていた。まっしろい水蓮の花に似ていた。私は、それを見とどけ、また、ゆっくりからだを捻じ戻すとき、娘さんを、ちらと見た。きめた。多少の困難があっても、このひとと結婚したいものだと思った。あの富士は、ありがたかった。

井伏氏は、その日に帰京なされ、私は、ふたたび御坂にひきかえした。それから、九月、十月、十一月の十五日まで、御坂の茶屋の二階で、少しずつ、少しずつ、仕事をすすめ、あまり好かないこの「富士三景の一つ」と、へたばるほど対談した。

いちど、大笑いしたことがあった。大学の講師か何かやっている浪漫派の一友人が、ハイキングの途中、私の宿に立ち寄って、そのときに、ふたり二階の廊下に出て、富士を見

ながら、

「どうも俗だねえ。お富士さん、という感じじゃないか。」

「見ているほうで、かえって、てれるね。」

などと生意気なこと言って、煙草をふかし、そのうちに、友人は、ふと、

「おや、あの僧形《そうぎょう》のものは、なんだね？」と顎でしゃくった。

墨染の破れたころもを身にまとい、長い杖を引きずり、富士を振り仰ぎ振り仰ぎ、峠の
ぼって来る五十歳くらいの小男がある。

「富士見西行《さいぎょう》、といったところだね。かたちが、できてる。」私は、その僧をなつかしく
思った。「いずれ、名のある聖僧かも知れないね。」

「ばか言うなよ。乞食だよ。」友人は、冷淡だった。

「いや、いや。脱俗しているところがあるよ。歩きかたなんか、なかなか、できてるじゃ
ないか。むかし、能因法師が、この峠で富士をほめた歌を作ったそうだが、――」

私が言っているうちに友人は、笑い出した。

「おい、見給え。できてないよ。」

能因法師は、茶店のハチという飼犬に吠えられて、周章狼狽であった。その有様は、い
やになるほど、みっともなかった。

「だめだねえ。やっぱり。」私は、がっかりした。

乞食の狼狽は、むしろ、あさましいほどに右往左往、ついには杖をかなぐり捨て、取り乱し、取り乱し、いまはかなわずと退散した。実に、それは、できてなかった。富士も俗なら、法師も俗だ。ということになって、いま思い出しても、ばかばかしい。

新田という二十五歳の温厚な青年が、峠を降りきった岳麓《がくろく》の吉田という細長い町の、郵便局につとめていて、そのひとが、郵便物に依って、私がここに来ていることを知った、と言って、峠の茶屋をたずねて来た。二階の私の部屋で、しばらく話をして、ようやく馴れて来たころ、新田は笑いながら、実は、もう二、三人、僕の仲間がありまして、皆で一緒にお邪魔にあがるつもりだったのですが、いざとなると、どうも皆、しりごみしまして、太宰さんは、ひどいデカダンで、それに、性格破産者だ、と佐藤春夫先生の小説に書いてございましたし、まさか、こんなまじめな、ちゃんとしたお方だとは、思いませんでしたから、僕も、無理に皆を連れて来るわけには、いきませんでした。こんどは、皆を連れて来ます。かまいませんでしょうか。

「それは、かまいませんけれど。」私は、苦笑していた。「それでは、君は、必死の勇をふるって、君の仲間を代表して僕を偵察に来たわけですね。」

「決死隊でした。」新田は、率直だった。「ゆうべも、佐藤先生のあの小説を、もういちど繰りかえして読んで、いろいろ覚悟をきめて来ました。」

私は、部屋の硝子戸越しに、富士を見ていた。富士は、のっそり黙って立っていた。偉いなあ、と思った。

「いいねえ。富士は、やっぱり、いいとこあるねえ。よくやってるなあ。」富士には、かなわないと思った。念々と動く自分の愛憎が恥ずかしく、富士は、やっぱり偉い、と思った。よくやってる、と思った。

「よくやっていますか。」新田には、私の言葉がおかしかったらしく、聡明に笑っていた。

新田は、それから、いろいろな青年を連れて来た。皆、静かなひとである。皆は、私を、先生、と呼んだ。私はまじめにそれを受けた。私には、誇るべき何もない。学問もない。才能もない。肉体よごれて、心もまずしい。けれども、苦悩だけは、その青年たちに、先生、と言われて、だまってそれを受けていいくらいの、苦悩は、経て来た。たったそれだけ。藁一すじの自負である。けれども、私は、この自負だけは、はっきり持っていたいと思っている。わがままな駄々っ子のように言われて来た私の、裏の苦悩を、一たい幾人知っていたろう。新田と、それから田辺という短歌の上手な青年と、二人は、井伏氏の読者であって、その安心もあって、私は、この二人と一ばん仲良くなった。いちど吉田に連れていってもらった。おそろしく細長い町であった。岳麓の感じがあった。富士に、日も、風もさえぎられて、ひょろひょろに伸びた茎のようで、暗く、うすら寒い感じの町であった。道路に沿って清水が流れている。これは、岳麓の町の特徴らしく、三島でも、こんな工合いに、町じゅうを清水が、どんどん流れている。富士の雪が溶けて流れて来るのだ、とその地方の人たちが、まじめに信じている。吉田の水は、三島の水に較べると、水量も不足だし、汚い。水を眺めながら、私は、話した。

「モウパスサンの小説に、どこかの令嬢が、貴公子のところへ毎晩、河を泳いで逢いにいったと書いて在ったが、着物は、どうしたのだろうね。まさか、裸ではなかろう。」

「そうですね。」青年たちも、考えた。「海水着じゃないでしょうか。」

「頭の上に着物を載せて、むすびつけて、そうして泳いでいったのかな？」

青年たちは、笑った。

「それとも、着物のままはいって、ずぶ濡れの姿で貴公子と逢って、ふたりでストオヴでかわかしたのかな？　そうすると、かえるときには、どうするだろう。せっかく、かわかした着物を、またずぶ濡れにして、泳がなければいけない。心配だね。貴公子のほうで泳いで来ればいいのに。男なら、猿股《さるまた》一つで泳いでも、そんなにみっともなくないからね。貴公子、鉄鎚《かなづち》だったのかな？」

「いや、令嬢のほうで、たくさん惚れていたからだと思います。」新田は、まじめだった。

「そうかも知れないね。外国の物語の令嬢は、勇敢で、可愛いね。好きだとなったら、河を泳いでまで逢いに行くんだからな。日本では、そうはいかない。なんとかいう芝居があるじゃないか。まんなかに川が流れて、両方の岸で男と姫君とが、愁嘆している芝居が。あんなとき、何も姫君、愁嘆する必要がない。泳いでゆけば、どんなものだろう。芝居で見ると、とても狭い川なんだ。じゃぶじゃぶ渡っていったら、どんなもんだろう。あんな愁嘆なんて、意味ないね。同情しないよ。朝顔の大井川は、あれは大水で、それに朝顔は、めくらの身なんだし、あれには多少、同情するが、けれども、あれだって、泳いで泳げないことはない。大井川の棒杭にしがみついて、天道さまを、うらんでいたんじゃ、意味ないよ。あ、ひとり在るよ。日本にも、勇敢なやつが、ひとり在ったぞ。あいつは、すごい。知ってるかい？」

「ありますか。」青年たちも、眼を輝かせた。

「清姫。安珍を追いかけて、日高川を泳いだ。泳ぎまくった。あいつは、すごい。ものの本によると、清姫は、あのとき十四だったんだってね。」

路を歩きながら、ばかな話をして、まちはずれの田辺の知り合いらしい、ひっそり古い宿屋に着いた。

そこで飲んで、その夜の富士がよかった。夜の十時ごろ、青年たちは、私ひとりを宿に残して、おのおの家へ帰っていった。私は、眠れず、どてら姿で、外へ出てみた。おそろしく、明るい月夜だった。富士が、よかった。月光を受けて、青く透きとおるようで、私は、狐に化かされているような気がした。富士が、したたるように青いのだ。燐《りん》が燃えているような感じだった。鬼火。狐火。ほたる。すすき。葛《くず》の葉。私は、足のないような気持で、夜道を、まっすぐに歩いた。下駄の音だけが、自分のものでないように、他の生きもののように、からんころんからんころん、とても澄んで響く。そっと、振りむくと、富士がある。青く燃えて空に浮んでいる。私は溜息をつく。維新の志士。鞍馬天狗。私は、自分を、それだと思った。ちょっと気取って、ふところ手して歩いた。ずいぶん自分が、いい男のように思われた。ずいぶん歩いた。財布を落した。五十銭銀貨が二十枚くらいはいっていたので、重すぎて、それで懐からするっと脱け落ちたのだろう。私は、不思議に平気だった。金がなかったら、御坂まで歩いてかえればいい。そのまま歩いた。ふと、いま来た路を、そのとおりに、もういちど歩けば、財布は在る、ということに気がついた。懐手のまま、ぶらぶら引きかえした。富士。月夜。維新の志士。財布を落した。興あるロマンスだと思った。財布は路のまんなかに光っていた。在るにきまっている。私は、それを拾って、宿へ帰って、寝た。

富士に、化かされたのである。私は、あの夜、阿呆であった。完全に、無意志であった。あの夜のことを、いま思い出しても、へんに、だるい。

吉田に一泊して、あくる日、御坂へ帰って来たら、茶店のおかみさんは、にやにや笑って、十五の娘さんは、つんとしていた。私は、不潔なことをして来たのではないということを、それとなく知らせたく、きのう一日の行動を、聞かれもしないのに、ひとりでこまかに言いたてた。泊った宿屋の名前、吉田のお酒の味、月夜富士、財布を落したこと、みんな言った。娘さんも、気嫌が直った。

「お客さん！　起きて見よ！」かん高い声で或る朝、茶店の外で、娘さんが絶叫したので、私は、しぶしぶ起きて、廊下へ出て見た。

娘さんは、興奮して頬をまっかにしていた。だまって空を指さした。見ると、雪。はっと思った。富士に雪が降ったのだ。山頂が、まっしろに、光りかがやいていた。御坂の富士も、ばかにできないぞと思った。

「いいね。」

とほめてやると、娘さんは得意そうに、

「すばらしいでしょう？」といい言葉使って、「御坂の富士は、これでも、だめ？」としゃがんで言った。私が、かねがね、こんな富士は俗でだめだ、と教えていたので、娘さんは、内心しょげていたのかも知れない。

「やはり、富士は、雪が降らなければ、だめなものだ。」もっともらしい顔をして、私は、そう教えなおした。

私は、どてら着て山を歩きまわって、月見草の種を両の手のひらに一ぱいとって来て、それを茶店の脊戸に播《ま》いてやって、

「いいかい、これは僕の月見草だからね、来年また来て見るのだからね、ここへお洗濯の水なんか捨てちゃいけないよ。」娘さんは、うなずいた。

ことさらに、月見草を選んだわけは、富士には月見草がよく似合うと、思い込んだ事情があったからである。御坂峠のその茶店は、謂わば山中の一軒家であるから、郵便物は、配達されない。峠の頂上から、バスで三十分程ゆられて峠の麓、河口湖畔の、河口村という文字通りの寒村にたどり着くのであるが、その河口村の郵便局に、私宛の郵便物が留め置かれて、私は三日に一度くらいの割で、その郵便物を受け取りに出かけなければならない。天気の良い日を選んで行く。ここのバスの女車掌は、遊覧客のために、格別風景の説明をして呉れない。それでもときどき、思い出したように、甚だ散文的な口調で、あれが三ツ峠、向うが河口湖、わかさぎという魚《さかな》がいます、など、物憂そうな、呟きに似た説明をして聞せることもある。

河口局から郵便物を受取り、またバスにゆられて峠の茶屋に引返す途中、私のすぐとな

りに、濃い茶色の被布《ひふ》を着た青白い端正の顔の、六十歳くらい、私の母とよく似た若婆がしゃんと坐っていて、女車掌が、思い出したように、みなさん、きょうは富士がよく見えますね、と説明ともつかず、また自分ひとりの咏嘆ともつかぬ言葉を、突然言い出して、リュックサックしょった若いサラリイマンや、大きい日本髪ゆって、口もとを大事にハンケチでおおいかくし、絹物まとった芸者風の女など、からだをねじ曲げ、一せいに車窓から首を出して、いまさらのごとく、その変哲もない三角の山を眺めては、やあ、とか、まあ、とか間抜けた嘆声を発して、車内はひとしきり、ざわめいた。けれども、私のとなりの御隠居は、胸に深い憂悶でもあるのか、他の遊覧客とちがって、富士には一瞥も与えず、かえって富士と反対側の、山路に沿った断崖をじっと見つめて、私にはその様が、からだがしびれるほど快く感ぜられ、私もまた、富士なんか、あんな俗な山、見度くもないという、高尚な虚無の心を、その老婆に見せてやりたく思って、あなたのお苦しみ、わびしさ、みなよくわかる、と頼まれもせぬのに、共鳴の素振りを見せてあげたく、老婆に甘えかかるように、そっとすり寄って、老婆とおなじ姿勢で、ぼんやり崖の方を、眺めてやった。

老婆も何かしら、私に安心していたところがあったのだろう、ぼんやりひとこと、

「おや、月見草。」

そう言って、細い指でもって、路傍の一箇所をゆびさした。さっと、バスは過ぎてゆき、私の目には、いま、ちらとひとめ見た黄金色の月見草の花ひとつ、花弁もあざやかに消えず残った。

三七七八米の富士の山と、立派に相対峙し、みじんもゆるがず、なんと言うのか、金剛力草とでも言いたいくらい、けなげにすっくと立っていたあの月見草は、よかった。富士には、月見草がよく似合う。

十月のなかば過ぎても、私の仕事は遅々として進まぬ。人が恋しい。夕焼け赤き雁《がん》の腹《はら》雲《くも》、二階の廊下で、ひとり煙草を吸いながら、わざと富士には目もくれず、それこそ血の滴るような真赤な山の紅葉を、凝視していた。茶店のまえの落葉を掃きあつめている茶店のおかみさんに、声をかけた。

「おばさん！　あしたは、天気がいいね。」

自分でも、びっくりするほど、うわずって、歓声にも似た声であった。おばさんは箒の手をやすめ、顔をあげて、不審げに眉をひそめ、

「あした、何かおありなさるの？」

そう聞かれて、私は窮した。

「なにもない。」

おかみさんは笑い出した。

「おさびしいのでしょう。山へでもおのぼりになったら？」

「山は、のぼっても、すぐまた降りなければいけないのだから、つまらない。どの山へのぼっても、おなじ富士山が見えるだけで、それを思うと、気が重くなります。」

私の言葉が変だったのだろう。おばさんはただ曖昧にうなずいただけで、また枯葉を掃いた。

ねるまえに、部屋のカーテンをそっとあけて硝子窓越しに富士を見る。月の在る夜は富士が青白く、水の精みたいな姿で立っている。私は溜息をつく。ああ、富士が見える。星が大きい。あしたは、お天気だな、とそれだけが、幽かに生きている喜びで、そうしてまた、そっとカーテンをしめて、そのまま寝るのであるが、あした、天気だからとて、別段この身には、なんということもないのに、と思えば、おかしく、ひとりで蒲団の中で苦笑するのだ。くるしいのである。仕事が、――純粋に運筆することの、その苦しさよりも、いや、運筆はかえって私の楽しみでさえあるのだが、そのことではなく、私の世界観、芸術というもの、あすの文学というもの、謂わば、新しさというもの、私はそれらに就いて、未だ愚図愚図《ぐずぐず》、思い悩み、誇張ではなしに、身悶えしていた。

素朴な、自然のもの、従って簡潔な鮮明なもの、そいつをさっと一挙動で摑えて、そのままに紙にうつしとること、それより他には無いと思い、そう思うときには、眼前の富士の姿も、別な意味をもって目にうつる。この姿は、この表現は、結局、私の考えている「単一表現」の美しさなのかも知れない、と少し富士に妥協しかけて、けれどもやはりどこかこの富士の、あまりにも棒状の素朴には閉口して居るところもあり、これがいいなら、ほていさまの置物だっていい筈だ、ほていさまの置物は、どうにも我慢できない、あんなもの、とても、いい表現とは思えない、この富士の姿も、やはりどこか間違っている、これは違う、と再び思いまどうのである。

朝に、夕に、富士を見ながら、陰鬱な日を送っていた。十月の末に、麓の吉田のまちの、遊女の一団体が、御坂峠へ、おそらくは年に一度くらいの開放の日なのであろう、自動車五台に分乗してやって来た。私は二階から、その様を見ていた。自動車からおろされて、色さまざまの遊女たちは、バスケットからぶちまけられた一群の伝書鳩のように、はじめは歩く方向を知らず、ただかたまってうろうろして、沈黙のまま押し合い、へし合いしていたが、やがてそろそろ、その異様の緊張がほどけて、てんでにぶらぶら歩きはじめた。茶店の店頭に並べられて在る絵葉書を、おとなしく選んでいるもの、佇んで富士を眺めているもの、暗く、わびしく、見ちゃ居《お》れない風景であった。二階のひとりの男の、いのち惜しまぬ共感も、これら遊女の幸福に関しては、なんの加えるところがない。私は、ただ、見ていなければならぬのだ。苦しむものは苦しめ。落ちるものは落ちよ。私に関係したことではない。それが世の中だ。そう無理につめたく装い、かれらを見下ろしているのだが、私は、かなり苦しかった。

富士にたのもう。突然それを思いついた。おい、こいつらを、よろしく頼むぜ、そんな気持で振り仰げば、寒空のなか、のっそり突っ立っている富士山、そのときの富士はまるで、どてら姿に、ふところ手して傲然とかまえている大親分のようにさえ見えたのであるが、私は、そう富士に頼んで、大いに安心し、気軽くなって茶店の六歳の男の子と、ハチというむく犬を連れ、その遊女の一団を見捨てて、峠のちかくのトンネルの方へ遊びに出掛けた。トンネルの入口のところで、三十歳くらいの痩せた遊女が、ひとり、何かしらつまらぬ草花を、だまって摘み集めていた。私たちが傍を通っても、ふりむきもせず熱心に草花をつんでいる。この女のひとのことも、ついでに頼みます、とまた振り仰いで富士にお願いして置いて、私は子供の手をひき、とっとと、トンネルの中にはいって行った。トンネルの冷い地下水を、頰に、首筋に、滴滴と受けながら、おれの知ったことじゃない、とわざと大股に歩いてみた。

そのころ、私の結婚の話も、一頓挫のかたちであった。私のふるさとからは、全然、助力が来ないということが、はっきり判ってきたので、私は困って了った。せめて百円くらいは、助力してもらえるだろうと、虫のいい、ひとりぎめをして、それでもって、ささやかでも、厳粛な結婚式を挙げ、あとの、世帯を持つに当っての費用は、私の仕事でかせいで、しようと思っていた。けれども、二、三の手紙の往復に依り、うちから助力は、全く無いということが明らかになって、私は、途方にくれていたのである。このうえは、縁談ことわられても仕方が無い、と覚悟をきめ、とにかく先方へ、事の次第を洗いざらい言って見よう、と私は単身、峠を下り、甲府の娘さんのお家へお伺いした。さいわい娘さんも、家にいた。私は客間に通され、娘さんと母堂と二人を前にして、悉皆《しっかい》の事情を告白した。ときどき演説口調になって、閉口した。けれども、割に素直に語りつくしたように思われた。娘さんは、落ちついて、

「それで、おうちでは、反対なのでございましょうか。」と、首をかしげて私にたずねた。

「いいえ、反対というのではなく、」私は右の手のひらを、そっと卓の上に押し当て、「おまえひとりで、やれ、という工合いらしく思われます。」

「結構でございます。」母堂は、品よく笑いながら、「私たちも、ごらんのとおりお金持ではございませぬし、ことごとしい式などは、かえって当惑するようなもので、ただ、あなたおひとり、愛情と、職業に対する熱意さえ、お持ちならば、それで私たち、結構でございます。」

私は、お辞儀するのも忘れて、しばらく呆然と庭を眺めていた。眼の熱いのを意識した。この母に、孝行しようと思った。

かえりに、娘さんは、バスの発着所まで送って来て呉れた。歩きながら、

「どうです。もう少し交際してみますか？」

きざなことを言ったものである。

「いいえ。もう、たくさん。」娘さんは、笑っていた。

「なにか、質問ありませんか？」いよいよ、ばかである。

「ございます。」

私は何を聞かれても、ありのまま答えようと思っていた。

「富士山には、もう雪が降ったでしょうか。」

私は、その質問には拍子抜けがした。

「降りました。いただきのほうに、――」と言いかけて、ふと前方を見ると、富士が見える。へんな気がした。

「なあんだ。甲府からでも、富士が見えるじゃないか。ばかにしていやがる。」やくざな口調になってしまって、「いまのは、愚問です。ばかにしていやがる。」

娘さんは、うつむいて、くすくす笑って、

「だって、御坂峠にいらっしゃるのですし、富士のことでもお聞きしなければ、わるいと思って。」

おかしな娘さんだと思った。

甲府から帰って来ると、やはり、呼吸ができないくらいにひどく肩が凝っているのを覚えた。

「いいねえ、おばさん。やっぱし御坂は、いいよ。自分のうちに帰って来たような気さえするのだ。」

夕食後、おかみさんと、娘さんと、交《かわ》る交《がわ》る、私の肩をたたいてくれる。おかみさんの拳は固く、鋭い。娘さんのこぶしは柔く、あまり効きめがない。もっと強く、もっと強くと私に言われて、娘さんは薪《まき》を持ち出し、それでもって私の肩をとんとん叩いた。それ程にしてもらわなければ、肩の凝がとれないほど、私は甲府で緊張し、一心に努めたのである。

甲府へ行って来て、二、三日、流石に私はぼんやりして、仕事する気も起らず、机のまえに坐って、とりとめのない楽書《らくがき》をしながら、バットを七箱も八箱も吸い、また寝ころんで、金剛石も磨かずば、という唱歌を、繰り返し繰り返し歌ってみたりしているばかりで、小説は、一枚も書きすすめることができなかった。

「お客さん。甲府へ行ったら、わるくなったわね。」

朝、私が机に頬杖つき、目をつぶって、さまざまのこと考えていたら、私の背後で、床の間ふきながら、十五の娘さんは、しんからいまいましそうに、多少、とげとげしい口調で、そう言った。私は、振りむきもせず、

「そうかね。わるくなったかね。」

娘さんは、拭き掃除の手を休めず、

「ああ、わるくなった。この二、三日、ちっとも勉強すすまないじゃないの。あたしは毎朝、お客さんの書き散らした原稿用紙、番号順にそろえるのが、とっても、たのしい。たくさんお書きになって居れば、うれしい。ゆうべもあたし、二階へそっと様子を見に来たの、知ってる？　お客さん、ふとん頭からかぶって、寝てたじゃないか。」

私は、ありがたい事だと思った。大袈裟な言いかたをすれば、これは人間の生き抜く努力に対しての、純粋な声援である。なんの報酬も考えていない。私は、娘さんを、美しいと思った。

十月末になると、山の紅葉も黒ずんで、汚くなり、とたんに一夜あらしがあって、みるみる山は、真黒い冬木立に化してしまった。遊覧の客も、いまはほとんど、数えるほどしかない。茶店もさびれて、ときたま、おかみさんが、六つになる男の子を連れて、峠のふ

もとの船津、吉田に買物をしに出かけて行って、あとには娘さんひとり、遊覧の客もなし、一日中、私と娘さんと、ふたり切り、峠の上で、ひっそり暮すことがある。私が二階で退屈して、外をぶらぶら歩きまわり、茶店の背戸で、お洗濯している娘さんの傍へ近寄り、

「退屈だね。」

と大声で言って、ふと笑いかけたら、娘さんはうつむき、私がその顔を覗《のぞ》いてみて、はっと思った。泣きべそかいているのだ。あきらかに恐怖の情である。そうか、と苦《に》が苦《に》がしく私は、くるりと廻れ右して、落葉しきつめた細い山路を、まったくいやな気持で、どんどん荒く歩きまわった。

それからは、気をつけた。娘さんひとりきりのときには、なるべく二階の室から出ないようにつとめた。茶店にお客でも来たときには、私がその娘さんを守る意味もあり、のしのし二階から降りていって、茶店の一隅に腰をおろしゆっくりお茶を飲むのである。いつか花嫁姿のお客が、紋附を着た爺さんふたりに附添われて、自動車に乗ってやって来て、この峠の茶屋でひと休みしたことがある。そのときも、娘さんひとりしか茶店にいなかった。私は、やはり二階から降りていって、隅の椅子に腰をおろし、煙草をふかした。花嫁は裾模様の長い着物を着て、金襴《きんらん》の帯を背負い、角隠しつけて、堂々正式の礼装であっ

た。全く異様のお客様だったので、娘さんもどうあしらいしていいのかわからず、花嫁さんと、二人の老人にお茶をついでやっただけで、私の背後にひっそり隠れるように立ったまま、だまって花嫁のさまを見ていた。一生にいちどの晴の日に、――峠の向う側から、反対側の船津か、吉田のまちへ嫁入りするのであろうが、その途中、この峠の頂上で一休みして、富士を眺めるということは、はたで見ていても、くすぐったい程、ロマンチックで、そのうちに花嫁は、そっと茶店から出て、茶店のまえの崖のふちに立ち、ゆっくり富士を眺めた。脚をX形に組んで立っていて、大胆なポオズであった。余裕のあるひとだな、となおも花嫁を、富士と花嫁を、私は観賞していたのであるが、間もなく花嫁は、富士に向って、大きな欠伸《あくび》をした。

「あら！」

と背後で、小さい叫びを挙げた。娘さんも、素早くその欠伸を見つけたらしいのである。やがて花嫁の一行は、待たせて置いた自動車に乗り、峠を降りていったが、あとで花嫁さんは、さんざんだった。

「馴れていやがる。あいつは、きっと二度目、いや、三度目くらいだよ。おむこさんが、峠の下で待っているだろうに、自動車から降りて、富士を眺めるなんて、はじめてのお嫁だったら、そんな太いこと、できるわけがない。」

「欠伸したのよ。」娘さんも、力こめて賛意を表した。「あんな大きい口あけて欠伸して、図々しいのね。お客さん、あんなお嫁さんもらっちゃ、いけない。」

私は年甲斐もなく、顔を赤くした。私の結婚の話も、だんだん好転していって、或る先輩に、すべてお世話になってしまった。結婚式も、ほんの身内の二、三のひとにだけ立ち合ってもらって、まずしくとも厳粛に、その先輩のお宅で、していただけるようになって、私は人の情に、少年の如く感奮していた。

十一月にはいると、もはや御坂の寒気、堪えがたくなった。茶店では、ストオヴを備えた。

「お客さん、二階はお寒いでしょう。お仕事のときは、ストオヴの傍でなさったら。」と、おかみさんは言うのであるが、私は、人の見ているまえでは、仕事のできないたちなので、それは断った。おかみさんは心配して、峠の麓の吉田へ行き、炬燵《こたつ》をひとつ買って来た。私は二階の部屋でそれにもぐって、この茶店の人たちの親切には、しんからお礼を言いたく思って、けれども、もはやその全容の三分の二ほど、雪をかぶった富士の姿を眺め、また近くの山々の、蕭条たる冬木立に接しては、これ以上、この峠で、皮膚を刺す寒気に辛抱していることも無意味に思われ、山を下ることに決意した。山を下る、その前日、私は、どてらを二枚かさねて着て、茶店の椅子に腰かけて、熱い番茶を啜っていたら、冬の外套着た、タイピストでもあろうか、若い智的の娘さんがふたり、トンネルの方から、何かきゃっきゃっ笑いながら歩いて来て、ふと眼前に真白い富士を見つけ、打たれたように立ち止り、それから、ひそひそ相談の様子で、そのうちのひとり、眼鏡かけた、色の白い子が、にこにこ笑いながら、私のほうへやって来た。

「相すみません。シャッタア切って下さいな。」

私は、へどもどした。私は機械のことには、あまり明るくないのだし、写真の趣味は皆無であり、しかも、どてらを二枚もかさねて着ていて、茶店の人たちさえ、山賊みたいだ、といって笑っているような、そんなむさくるしい姿でもあり、多分は東京の、そんな華やかな娘さんから、はいからの用事を頼まれて、内心ひどく狼狽したのである。けれども、また思い直し、こんな姿はしていても、やはり、見る人が見れば、どこかしら、きゃしゃな俤《おもかげ》もあり、写真のシャッタアくらい器用に手さばき出来るほどの男に見えるのかも知れない、などと少し浮き浮きした気持も手伝い、私は平静を装い、娘さんの差し出すカメラを受け取り、何気なさそうな口調で、シャッタアの切りかたを鳥渡《ちょっと》たずねてみてから、わななきわななき、レンズをのぞいた。まんなかに大きい富士、その下に小さい、罌粟《けし》の花ふたつ。ふたり揃いの赤い外套を着ているのである。ふたりはひしと抱き合うように寄り添い、屹《き》っとまじめな顔になった。私は、おかしくてならない。カメラ持つ手がふるえて、どうにもならぬ。笑いをこらえて、レンズをのぞけば、罌粟の花、いよいよ澄まして、固くなっている。どうにも狙いがつけにくく、私は、ふたりの姿をレンズから追放して、ただ富士山だけを、レンズ一ぱいにキャッチして、富士山、さようなら、お世話になりました。パチリ。

「はい、うつりました。」

「ありがとう。」

ふたり声をそろえてお礼を言う。うちへ帰って現像してみた時には驚くだろう。富士山だけが大きく大きく写っていて、ふたりの姿はどこにも見えない。

その翌る日に、山を下りた。まず、甲府の安宿に一泊して、そのあくる朝、安宿の廊下の汚い欄干によりかかり、富士を見ると、甲府の富士は、山々のうしろから、三分の一ほど顔を出している。酸漿《ほおずき》に似ていた。

町田 康・選

饗応夫人

そんな奴おらんやろ。というような人が実は世の中に沢山いて、実はそんな人がこの世のバックグラウンドで作動しているからこの世が成り立っている。しかれども、あくまでもバックグラウンドで作動しているので、この世の表面上で躍動している人はその存在を知らない。だから話を聞いてもそんな奴おらんやろと仰るのです。また、知っても、だって前から勝手に自然に作動してるのだから作動するのは当たり前でしょう。と仰るに違いがない。その表面とバックグラウンドの間を小説って走り狂うよね。走り狂うよね。

町田　康

奥さまは、もとからお客に何かと世話を焼き、ごちそうするのが好きなほうでしたが、いいえ、でも、奥さまの場合、お客をすきというよりは、お客におびえている、とでも言いたいくらいで、玄関のベルが鳴り、まず私が取次ぎに出まして、それからお客のお名前を告げに奥さまのお部屋へまいりますと、奥さまはもう既に、鷲の羽音を聞いて飛び立つ一瞬前の小鳥のような感じの異様に緊張の顔つきをしていらして、おくれ毛を掻き上げ襟もとを直し腰を浮かせて私の話を半分も聞かぬうちに立って廊下に出て小走りに走って、玄関に行き、たちまち、泣くような笑うような笛の音に似た不思議な声を挙げてお客を迎え、それからはもう錯乱したひとみたいに眼つきをかえて、客間とお勝手のあいだを走り狂い、お鍋をひっくりかえしたりお皿をわったり、すみませんねえ、すみませんねえ、と女中の私におわびを言い、そうしてお客のお帰りになった後は、呆然として客間にひとりでぐったり横坐りに坐ったまま、後片づけも何もなさらず、たまには、涙ぐんでいる事さえありました。

ここのご主人は、本郷の大学の先生をしていらして、生れたお家もお金持ちなんだそうで、その上、奥さまのお里も、福島県の豪農とやらで、お子さんの無いせいもございましょうが、ご夫婦ともまるで子供みたいな苦労知らずの、のんびりしたところがありました。私がこの家へお手伝いにあがったのは、まだ戦争さいちゅうの四年前で、それから半年ほど経って、ご主人は第二国民兵の弱そうなおからだでしたのに、突然、召集されて運が悪くすぐ南洋の島へ連れて行かれてしまった様子で、ほどなく戦争が終っても、消息不明で、その時の部隊長から奥さまへ、或いはあきらめていただかなければならぬかも知れぬ、という意味の簡単な葉書がまいりまして、それから奥さまのお客の接待も、いよいよ物狂おしく、お気の毒で見ておれないくらいになりました。

あの、笹島先生がこの家へあらわれる迄はそれでも、奥さまの交際は、ご主人の御親戚とか奥さまの身内とかいうお方たちに限られ、ご主人が南洋の島においでになった後でも、生活のほうは、奥さまのお里から充分の仕送りもあって、わりに気楽で、物静かな、謂わばお上品なくらしでございましたのに、あの、笹島先生などが見えるようになってから、滅茶苦茶になりました。

この土地は、東京の郊外には違いありませんが、でも、都心から割に近くて、さいわい戦災からものがれる事が出来ましたので、都心で焼け出された人たちは、それこそ洪水のようにこの辺にはいり込み、商店街を歩いても、行き合う人の顔触れがすっかり全部、変ってしまった感じでした。

昨年の暮、でしたかしら、奥さまが十年振りとかで、ご主人のお友達の笹島先生に、マーケットでお逢いしたとかで、うちへご案内していらしたのが、運のつきでした。

笹島先生は、ここのご主人と同様の四十歳前後のお方で、やはりここのご主人の勤めていらした本郷の大学の先生をしていらっしゃるのだそうで、でも、ここのご主人は文学士なのに、笹島先生は医学士で、なんでも中学校時代に同級生だったとか、それから、ここのご主人がいまのこの家をおつくりになる前に奥さまと駒込のアパートにちょっとの間住んでいらして、その折、笹島先生は独身で同じアパートに住んでいたので、それで、ほんのわずかの間ながら親交があって、ご主人がこちらへお移りになってからは、やはりご研究の畑がちがうせいもございますのか、お互いお家を訪問し合う事も無く、それっきりのお附き合いになってしまって、それ以来、十何年とか経って、偶然、このまちのマーケットで、ここの奥さまを見つけて、声をかけたのだそうです。呼びかけられて、ここの奥さまもまた、ただ挨拶だけにして別れたらよいのに、本当に、よせばよいのに、れいの持ち前の歓待癖を出して、うちはすぐそこですから、まあ、どうぞ、いいじゃありませんか、など引きとめたくも無いのに、お客をおそれてかえって逆上して必死で引きとめた様子で、笹島先生は、二重廻しに買物籠、というへんな恰好で、この家へやって来られて、

「やあ、たいへん結構な住居《すまい》じゃないか。戦災をまぬかれたとは、悪運つよしだ。同居人がいないのかね。それはどうも、ぜいたくすぎるね。いや、もっとも、女ばかりの家庭で、しかもこんなにきちんとお掃除の行きとどいている家には、かえって同居をたのみにくいものだ。同居させてもらっても窮屈だろうからね。しかし、奥さんが、こんなに近くに住んでいるとは思わなかった。お家がM町とは聞いていたけど、しかし、人間て、まが抜けているものですね、僕はこっちへ流れて来て、もう一年ちかくなるのに、全然ここの標札に気がつかなかった。この家の前を、よく通るんですがね、マーケットに買い物に行く時は、かならず、ここの路《みち》をとおるんですよ。いや、僕もこんどの戦争では、ひどいめに遭いましてね、結婚してすぐ召集されて、やっと帰ってみると家は綺麗に焼かれて、女房は留守中に生れた男の子と一緒に千葉県の女房の実家に避難していて、東京に呼び戻したくても住む家が無い、という現状ですからね、やむを得ず僕ひとり、そこの雑貨店の奥の三畳間を借りて自炊生活ですよ、今夜は、ひとつ鳥鍋でも作って大ざけでも飲んでみようかと思って、こんな買物籠などぶらさげてマーケットをうろついていたというわけなんだが、やけくそですよ、もうこうなればね。自分でも生きているんだか死んでいるんだ

「そう思いますわ。本当に、私なんか、皆さんにくらべて仕合せすぎると思っていますの。」

「そうですとも、そうですとも。こんど僕の友人を連れて来ますからね、みんなまあ、これは不幸な仲間なんですからね、よろしく頼まざるを得ないというような、わけなんですね。」

奥さまは、ほほほといっそ楽しそうにお笑いになり、

「そりゃ、もう。」

とおっしゃって、それからしんみり、

「光栄でございますわ。」

その日から、私たちのお家は、滅茶々々になりました。

酔った上のご冗談でも何でも無く、ほんとうに、それから四、五日経って、まあ、あつかましくも、こんどはお友だちを三人も連れて来て、きょうは病院の忘年会があって、今夜はこれからお宅で二次会をひらきます、奥さん、大いに今から徹夜で飲みましょう、この頃はどうもね、二次会をひらくのに適当な家が無くて困りますよ、おい諸君、なに遠慮の要らない家なんだ、あがり給え、あがり給え、客間はこっちだ、外套は着たままでいいよ、寒くてかなわない、などと、まるでもうご自分のお家同様に振舞い、わめき、そのま

たお友だちの中のひとりは女のひとで、どうやら看護婦さんらしく、人前もはばからずその女とふざけ合って、そうしてただもうおどおどして無理に笑っていなさる奥さまをまるで召使いか何かのようにこき使い、

「奥さん、すみませんが、このこたつに一つ火をいれて下さいな。それから、また、こないだみたいにお酒の算段をたのみます。日本酒が無かったら、焼酎でもウイスキイでもかまいませんからね、それから、食べるものは、あ、そうそう、奥さん今夜はね、すてきなお土産を持参しました、召上れ、鰻の蒲焼。寒い時は之に限りますからね、一串は奥さんに、一串は我々にという事にしていただきましょうか、それから、おい誰か、林檎を持っていた奴があったな、惜しまずに奥さんに差し上げろ、インドといってあれは飛び切り香り高い林檎だ。」

私がお茶を持って客間へ行ったら、誰やらのポケットから、小さい林檎が一つころころところげ出て、私の足もとへ来て止り、私はその林檎を蹴飛ばしてやりたく思いました。たった一つ。それをお土産だなんて図々しくほらを吹いて、また鰻だって後で私が見たら、薄っぺらで半分乾いているような、まるで鰻の乾物みたいな情無いしろものでした。

その夜は、夜明け近くまで騒いで、奥さまも無理にお酒を飲まされ、しらじらと夜の明けた頃に、こんどは、こたつを真中にして、みんなで雑魚寝《ざこね》という事になり、奥さまも無

理にその雑魚寝の中に参加させられ、奥さまはきっと一睡も出来なかったでしょうが、他の連中は、お昼すぎまでぐうぐう眠って、眼がさめてから、お茶づけを食べ、もう酔いもさめているのでしょうから、さすがに少し、しょげて、殊に私は、露骨にぷりぷり怒っている様子を見せたものですから、私に対しては、みな一様に顔をそむけ、やがて、元気の無い腐った魚のような感じの恰好で、ぞろぞろ帰って行きました。

「奥さま、なぜあんな者たちと、雑魚寝なんかをなさるんです。私、あんな、だらしない事は、きらいです。」

「ごめんなさいね。私、いや、と言えないの。」

寝不足の疲れ切った真蒼なお顔で、眼には涙さえ浮べてそうおっしゃるのを聞いては、私もそれ以上なんとも言えなくなるのでした。

そのうちに、狼たちの来襲がいよいよひどくなるばかりで、この家が、笹島先生の仲間の寮みたいになってしまって、笹島先生の来ない時は、笹島先生のお友達が来て泊って行くし、そのたんびに奥さまは雑魚寝の相手を仰せつかって、奥さまだけは一睡も出来ず、もともとからお丈夫なお方ではありませんでしたから、とうとうお客の見えない時は、いつも寝ているようにさえなりました。

「奥さま、ずいぶんおやつれになりましたわね。あんな、お客のつき合いなんか、およしなさいよ。」

「ごめんなさいね。私には、出来ないの。みんな不仕合せなお方ばかりなのでしょう? 私の家へ遊びに来るのが、たった一つの楽しみなのでしょう。」

ばかばかしい。奥さまの財産も、いまではとても心細くなって、このぶんでは、もう半年も経てば、家を売らなければならない状態らしいのに、そんな心細さはみじんもお客に見せず、またおからだも、たしかに悪くしていらっしゃるらしいのに、お客が来ると、すぐお床からはね起き、素早く身なりをととのえて、小走りに走って玄関に出て、たちまち、泣くような笑うような不思議な歓声を挙げてお客を迎えるのでした。

早春の夜の事でありました。やはり一組の酔っぱらい客があり、どうせまた徹夜になるのでしょうから、いまのうちに私たちだけ大いそぎで、ちょっと腹ごしらえをして置きましょう、と私から奥さまにおすすめして、私たち二人台所で立ったまま、代用食の蒸しパンを食べていました。奥さまは、お客さまには、いくらでもおいしいごちそうを差し上げるのに、ご自分おひとりだけのお食事は、いつも代用食で間に合せていたのです。

その時、客間から、酔っぱらい客の下品な笑い声が、どっと起り、つづいて、

「いや、いや、そうじゃあるまい。たしかに君とあやしいと俺はにらんでいる。あのおばさんだって君、……」と、とても聞くに堪えない失礼な、きたない事を、医学の言葉で言

いました。

するとと、若い今井先生らしい声がそれに答えて、

「何を言ってやがる。俺は愛情でここへ遊びに来ているんじゃないよ。ここはね、単なる宿屋さ。」

私は、むっとして顔を挙げました。

暗い電燈の下で、黙ってうつむいて蒸パンを食べていらっしゃる奥さまの眼に、その時は、さすがに涙が光りました。私はお気の毒のあまり、言葉につまっていましたら、奥さまはうつむきながら静かに、

「ウメちゃん、すまないけどね、あすの朝は、お風呂をわかして下さいね。今井先生は、朝風呂がお好きですから。」

けれども、奥さまが私に口惜しそうな顔をお見せになったのは、その時くらいのもので、あとはまた何事も無かったように、お客に派手なあいそ笑いをしては、客間とお勝手のあいだを走り狂うのでした。

おからだがいよいよお弱りになっていらっしゃるのが私にはちゃんとわかっていましたが、何せ奥さまは、お客と対する時は、みじんもお疲れの様子をお見せにならないものですから、お客はみな立派そうなお医者ばかりでしたのに、一人として奥さまのお具合いの

悪いのを見抜けなかったようでした。

静かな春の或る朝、その朝は、さいわい一人も泊り客はございませんでしたので、私はのんびり井戸端でお洗濯をしていますと、奥さまは、ふらふらとお庭へはだしで降りて行かれて、そうして山吹の花の咲いている垣のところにしゃがみ、かなりの血をお吐きになりました。私は大声を挙げて井戸端から走って行き、うしろから抱いて、かつぐようにしてお部屋へ運び、しずかに寝かせて、それから私は泣きながら奥さまに言いました。

「だから、それだから私は、お客が大きらいだったのです。こうなったらもう、あのお客たちがお医者なんだから、もとのとおりのからだにして返してもらわなければ、私は承知できません。」

「だめよ、そんな事をお客さまたちに言ったら。お客さまたちは責任を感じて、しょげてしまいますから。」

「だって、こんなにからだが悪くなって、奥さまは、これからどうなさるおつもり？　やはり、起きてお客の御接待をなさるのですか？　雑魚寝のさいちゅうに血なんか吐いたら、いい見世物ですわよ。」

奥さまは眼をつぶったまま、しばらく考え、

「里へ、いちど帰ります。ウメちゃんが留守番をしていて、お客さまにお宿をさせてやっ

て下さい。あの方たちには、ゆっくりやすむお家が無いのですから。そうしてね、私の病気の事は知らせないで。」

そうおっしゃって、優しく微笑みました。

お客たちの来ないうちにと、私はその日にもう荷作りをはじめて、それから私もとにかく奥さまの里の福島までお伴して行ったほうがよいと考えましたので、切符を二枚買い入れ、それから三日目、奥さまも、よほど元気になったし、お客の見えないのをさいわい、逃げるように奥さまをせきたて、雨戸をしめ、戸じまりをして、玄関に出たら、

南無三宝!

笹島先生、白昼から酔っぱらって看護婦らしい若い女を二人ひき連れ、

「や、これは、どこかへお出かけ?」

「いいんですの、かまいません。ウメちゃん、すみません客間の雨戸をあけて。どうぞ、先生、おあがりになって。かまわないんですの。」

泣くような笑うような不思議な声を挙げて、若い女のひとたちにも挨拶して、またもくるくるコマ鼠の如く接待の狂奔がはじまりまして、私がお使いに出されて、奥さまからあわてて財布がわりに渡された奥さまの旅行用のハンドバッグを、マーケットでひらいてお金を出そうとした時、奥さまの切符が、二つに引き裂かれているのを見て驚き、これはも

うあの玄関で笹島先生と逢ったとたんに、奥さまが、そっと引き裂いたのに違いないと思ったら、奥さまの底知れぬ優しさに呆然となると共に、人間というものは、他の動物と何かまるでちがった貴いものを持っているという事を生れてはじめて知らされたような気がして、私も帯の間から私の切符を取り出し、そっと二つに引き裂いて、そのマーケットから、もっと何かごちそうを買って帰ろうと、さらにマーケットの中を物色しつづけたのでした。

松浦寿輝・選

彼は昔の彼ならず

『晩年』は太宰の中ではいちばん好きな一冊で、中学生の頃以来何度も読み返している。うらぶれた題名に似合わず、妙に図々しい生命力が滾っているところに惹かれるのではないだろうか。三島由紀夫は稲垣足穂について、「男性というものの秘密」を知っている作家と評したが、三島があんなに嫌っていた太宰治も、実はその「秘密」を共有していたような気がわたしにはしないでもない。『晩年』収載の短篇はどれも良いが、ここでは太宰的な「男」の滑稽と哀切が見事な文体で活写された「彼は昔の彼ならず」を選んでおく。

松浦寿輝

君にこの生活を教えよう。知りたいとならば、僕の家のものほし場まで来るとよい。其《そ》処《こ》でこっそり教えてあげよう。

僕の家のものほし場は、よく眺望がきくと思わないか。郊外の空気は、深くて、しかも軽いだろう？　人家もまばらである。気をつけ給え。君の足もとの板は、腐りかけているようだ。もっとこっちへ来るとよい。春の風だ。こんな工合いに、耳朶をちょろちょろとくすぐりながら通るのは、南風の特徴である。

見渡したところ、郊外の家の屋根屋根は、不揃いだと思わないか。君はきっと、銀座か新宿のデパアトの屋上庭園の木柵によりかかり、頰杖ついて、巷の百万の屋根屋根をぼんやり見おろしたことがあるにちがいない。巷の百万の屋根屋根は、皆々、同じ大きさで同じ形で同じ色あいで、ひしめき合いながらかぶさりかさなり、はては黴菌《ばいきん》と車塵とでうす赤くにごらされた巷の霞《かすみ》のなかにその端を沈没させている。君はその屋根屋根のしたの百万の一律な生活を思い、眼をつぶってふかい溜息を吐いたにちがいないのだ。見られるとおり、郊外の屋根屋根は、それと違う。一つ一つが、その存在の理由を、ゆったりと主張しているようではないか。あの細長い煙突は、桃の湯という銭湯屋のものであるが、青い煙を風のながれるままにおとなしく北方へなびかせている。あの煙突の真下の赤い西洋甍《がわら》は、なんとかいう有名な将軍のものであって、あのへんから毎夜、謡曲のしらべが聞えるのだ。赤い甍から椎の並木がうねうねと南へ伸びている。並木のつきたところに白壁が鈍く光っている。質屋の土蔵である。三十歳を越したばかりの小柄で怜悧な女主人が経営しているのだ。このひとは僕と路で行き逢っても、僕の顔を見ぬふりをする。挨拶を受けた相手の名誉を顧慮しているのである。土蔵の裏手、翼の骨骼《こっかく》のようにばさと葉をひろげているきたならしい樹木が五六ぽん見える。あれは棕梠《しゅろ》である。あの樹木に覆われているひくいトタン屋根は、左官屋のものだ。左官屋はいま牢のなかにいる。細君をぶち殺したのである。左官屋の毎朝の誇りを、細君が傷つけたからであった。左官屋には、毎朝、牛乳を半合ずつ飲むという贅沢な楽しみがあったのに、その朝、細君が過って牛乳の瓶をわった。そうしてそれをさほどの過失ではないと思っていた。左官屋には、それがむらむらうらめしかったのである。細君はその場でいきをひきとり、左官屋は牢へ行き、左官屋の十歳ほどの息子が、このあいだ駅の売店のまえで新聞を買って読んでいた。僕はその姿を見た。けれども、僕の君に知らせようとしている生活は、こんな月並みのものでない。

こっちへ来給え。このひがしの方面の眺望は、また一段とよいのだ。人家もいっそうまばらである。あの小さな黒い林が、われわれの眼界をさえぎっている。あれは杉の林だ。あのなかには、お稲荷をまつった社がある。林の裾のぽっと明るいところは、菜の花畠であって、それにつづいて手前のほうに百坪ほどの空地が見える。龍という緑の文字が書かれてある紙凧がひっそりあがっている。あの紙凧から垂れさがっている長い尾を見るとよい。尾の端からまっすぐに下へ線をひいてみると、ちょうど空地の東北の隅に落ちるだろう？　君はもはや、その箇所にある井戸を見つめている。いや、井戸の水を吸上喞筒《ポンプ》で汲みだしている若い女を見つめている。それでよいのだ。はじめから僕は、あの女を君に見せたかったのである。

まっ白いエプロンを掛けている。あれはマダムだ。水を汲みおわって、バケツを右の手に持って、そうしてよろよろと歩きだす。どの家へはいるだろう。空地の東側には、ふとい孟宗竹が二三十本むらがって生えている。見ていたまえ。女は、あの孟宗竹のあいだをくぐって、それから、ふっと姿をかき消す。それ。僕の言ったとおりだろう？　見えなくなった。けれど気にすることはない。僕はあの女の行くさきを知っている。孟宗竹のうしろは、なんだかぼんやり赤いだろう。紅梅が二本あるのだ。蕾がふくらみはじめたにちがいない。あのうすあかい霞の下に、黒い日本甍の屋根が見える。あの屋根だ。あの屋根のしたに、いまの女と、それから彼女の亭主とが寝起している。なんの奇もない屋根のしたに、知らせて置きたい生活がある。ここへ坐ろう。

あの家は元来、僕のものだ。三畳と四畳半と六畳と、三間ある。間取りもよいし、日当りもわるくないのだ。十三坪のひろさの裏庭がついていて、あの二本の紅梅が植えられてあるほかに、かなりの大きさの百日紅もあれば、霧島躑躅《つつじ》が五株ほどもある。昨年の夏には、玄関の傍に南天燭《なんてんしょく》を植えてやった。それで屋賃が十八円である。高すぎるとは思わぬ。二十四五円くらい貰いたいのであるが、駅から少し遠いゆえ、そうもなるまい。高すぎるとは思わぬ。それでも一年、ためている。あの家の屋賃は、もともと、そっくり僕のお小使いになる筈なのであるが、おかげで、この一年間というもの、僕は様様のつきあいに肩身のせまい思いをした。

いまの男に貸したのは、昨年の三月である。裏庭の霧島躑躅がようやく若芽を出しかけていた頃であった。そのまえには、むかし水泳の選手として有名であった或る銀行員が、その若い細君とふたりきりで住まっていた。銀行員は気の弱弱しげな男で、酒ものまず、煙草ものまず、どうやら女好きであった。それがもとで、よく夫婦喧嘩をするのである。

けれども屋賃だけはきちんきちんと納めたのだから、僕はそのひとに就いてあまり悪く言えない。銀行員は、あしかけ三年いて呉れた。名古屋の支店へ左遷されたのである。ことしの年賀状には、百合とかいう女の子の名前とそれから夫婦の名前と三つならべて書かれていた。銀行員のまえには、三十歳くらいのビイル会社の技師に貸していた。母親と妹の三人暮しで、一家そろって無愛想であった。技師は、服装に無頓着な男で、いつも青い菜葉服を着ていて、しかもよい市民であったようである。母親は白い頭髪を短く角刈にして、気品があった。妹は二十歳前後の小柄な痩せた女で、矢絣模様の銘仙を好んで着ていた。あんな家庭を、つつましやかと呼ぶのであろう。ほぼ半年くらい住まって、それから品川のほうへ越していったけれど、その後の消息を知らない。僕にとっては、その当時こそ何かと不満もあったのであるが、いまになって考えてみると、あの技師にしろ、また水泳選手にしろ、よい部類の店子であったのである。俗にいう店子運がよかったわけだ。それが、いまの三代目の店子のために、すっかりマイナスにされてしまった。

いまごろはあの屋根のしたで、寝床にもぐりこみながらゆっくりホープをくゆらしているにちがいない。そうだ。ホープを吸うのだ。金のないわけはない。それでも屋賃を払わないのである。はじめからいけなかった。黄昏に、木下と名乗って僕の家へやって来たのであるが、玄関のたたきにつったったまま、書道を教えている、お宅の借家に住まわせていただきたい、というようなそれだけの意味のことを妙にひとなつこく搦《から》んで来るような口調で言った。痩せていて背のきわめてひくい、細面の青年であった。肩から袖口にかけての折目がきちんと立っているま新しい久留米絣の袷《あわせ》を着ていたのである。たしかに青年に見えた。あとで知ったが、四十二歳だという。僕より十も年うえである。そう言えば、あの男の口のまわりや眼のしたに、たるんだ皺がたくさんあって、青年ではなさそうにも見えるのであるが、それでも、四十二歳は嘘であろうと思う。いや、それくらいの嘘は、あの男にしては何も珍らしくないのである。はじめ僕の家へ来たときから、もうすでに大嘘を吐いている。僕は彼の申し出にたいして、お気にいったならば、と答えた。僕は、店子の身元についてこれまで、あまり深い詮索をしなかった。失礼なことだと思っている。敷金のことについて彼はこんなことを言った。

「敷金は二つですか？　そうですか。いいえ、失礼ですけれど、それでは五十円だけ納めさせていただきます。いいえ。私ども、持っていましたところで、使ってしまいます。あの、貯金のようなものですものな。ほほ。明朝すぐに引越しますよ。敷金はそのおり、ごあいさつかたがた持ってあがりましょうね。いけないでしょうかしら？」

こんな工合いである。いけないとは言えないだろう。それに僕は、ひとの言葉をそのままに信ずる主義である。だまされたなら、それはだましたほうが悪いのだ。僕は、かまいません、あすでもあさってでもと答えた。男は、甘えるように微笑みながらていねいにお辞儀をして、しずかに帰っていった。残された名刺には、住所はなくただ木下青扇とだけ平字で印刷され、その文字の右肩には、自由天才流書道教授とペンで小汚く書き添えられていた。僕は他意なく失笑した。翌る朝、青扇夫婦はたくさんの世帯道具をトラックで二度も運ばせて引越して来たのであるが、五十円の敷金はついにそのままになった。よこすものか。

引越してその日のひるすぎ、青扇は細君と一緒に僕の家へ挨拶しに来た。彼は黄色い毛糸のジャケツを着て、ものものしくゲエトルをつけ、女ものらしい塗下駄をはいていた。僕が玄関へ出て行くとすぐに、「ああ。やっとお引越しがおわりましたよ。こんな恰好でおかしいでしょう?」

それから僕の顔をのぞきこむようにしてにっと笑ったのである。僕はなんだかてれくさい気がして、たいへんですな、とよい加減な返事をしながら、それでも微笑をかえしてやった。

「うちの女です。よろしく。」

青扇は、うしろにひっそりたたずんでいたやや大柄な女のひとを、おおげさに顎でしゃくって見せた。僕たちは、お辞儀をかわした。麻の葉模様の緑がかった青い銘仙の袷に、やはり銘仙らしい絞り染の朱色の羽織をかさねていた。僕はマダムのしもぶくれのやわらかい顔をちらと見て、ぎくっとしたのである。顔を見知っているというわけでもないのに、それでも強く、とむねを突かれた。色が抜けるように白く、片方の眉がきりっとあがって、それからもう一方の眉は平静であった。眼はいくぶん細いようであって、うすい下唇をかるく噛んでいた。はじめ僕は、怒っているのだと思ったのである。けれどもそうでないことをすぐに知った。マダムはお辞儀をしてから、青扇にかくすようにして大型の熨斗袋をそっと玄関の式台にのせ、おしるしに、とひくいがきっぱりした語調で言った。それからもいちどゆっくりお辞儀をしたのである。お辞儀をするときにもやはり片方の眉をあげて、下唇を噛んでいた。僕は、これはこのひとのふだんからの癖なのであろうと思った。そのまま青扇夫婦は立ち去ったのであるが、僕はしばらくぽかんとしていた。それからむかむか不愉快になった。敷金のこともあるし、それよりもなによりも、なんだか、してやられたようないらだたしさに堪えられなくなったのである。僕は式台にしゃがんで、その恥かしく大きな熨斗袋をつまみあげ、なかを覗いてみたのである。お蕎麦屋の五円切手がはいっていた。ちょっとの間、僕には何も訳がわからなかった。五円の切手とは、莫迦《ばか》げたことである。ふと、僕はいまわしい疑念にとらわれた。ひょっとすると敷金のつもりなのではあるまいか。そう考えたのである。それならこれはいますぐにでもたたき返さなければいけない。僕は、我慢できない胸くその悪さを覚え、その熨斗袋を懐にし、青扇夫婦のあとを追っかけるようにして家を出たのだ。

青扇もマダムも、まだ彼等の新居に帰ってはいなかった。帰途、買い物にでもまわったのであろうと思って、僕はその不用心にもあけ放されてあった玄関からのこのこ家へはいりこんでしまった。ここで待ち伏せていてやろうと考えたのである。ふだんならば僕も、こんな乱暴な料簡は起さないのであるが、どうやら懐中の五円切手のおかげで少し調子を狂わされていたらしいのである。僕は玄関の三畳間をとおって、六畳の居間へはいった。この夫婦は引越しにずいぶん馴れているらしく、もうはや、あらかた道具もかたづいていて、床の間には、二三輪のうす赤い花をひらいているぼけの素焼の鉢が飾られていた。軸は、仮表装の北斗七星の四文字である。文句もそうであるが、書体はいっそう滑稽であった。糊刷毛かなにかでもって書いたものらしく、仰山に肉の太い文字で、そのうえ目茶苦茶ににじんでいた。落款らしいものもなかったけれど、僕はひとめで青扇の書いたものだと断定を下した。つまりこれは、自由天才流なのであろう。僕は奥の四畳半にはいった。箪笥や鏡台がきちんと場所をきめて置かれていた。首の細い脚の巨大な裸婦のデッサンがいちまい、まるいガラス張りの額縁に収められ、鏡台のすぐ傍の壁にかけられていた。これはマダムの部屋なのであろう。まだ新しい桑の長火鉢と、それと揃いらしい桑の小綺麗な茶簞笥とが壁際にならべて置かれていた。長火鉢には鉄瓶がかけられ、火がおこっていた。僕は、まずその長火鉢の傍に腰をおちつけて、煙草を吸ったのである。引越したばかりの新居は、ひとを感傷的にするものらしい。僕も、あの額縁の画についての夫婦の相談や、この長火鉢の位置についての争論を思いやって、やはり生活のあらたまった折の甲斐甲斐しいいきごみを感じたわけであった。煙草を一本吸っただけで、僕は腰を浮かせた。五月になったら畳をかえてやろう。そんなことを思いながら僕は玄関から外へ出て、あらためて玄関の傍の枝折戸《しおりど》から庭のほうへまわり、六畳間の縁側に腰かけて青扇夫婦を待ったのである。

青扇夫婦は、庭の百日紅の幹が夕日に赤く染まりはじめたころ、ようやく帰って来た。案のじょう買い物らしく、青扇は箒をいっぽん肩に担いで、マダムは、くさぐさの買いものをつめたバケツを重たそうに右手にさげていた。彼等は枝折戸をあけてはいって来たので、すぐに僕のすがたを認めたのであるが、たいして驚きもしなかった。

「これは、おおやさん。いらっしゃい。」

青扇は箒をかついだまま微笑んでかるく頭をさげた。

「いらっしゃいませ。」

マダムも例の眉をあげて、それでもまえよりはいくぶんくつろいだようにちかと白い歯を見せ、笑いながら挨拶した。

僕は内心こまったのである。敷金のことはきょうは言うまい。蕎麦の切手についてだけたしなめてやろうと思った。けれど、それも失敗したのである。僕はかえって青扇と握手を交し、そのうえ、だらしのないことであるが、お互いのために万歳をさえとなえたのだ。

青扇のすすめるがままに、僕は縁側から六畳の居間にあがった。僕は青扇と対座して、どういう工合いに話を切りだしてよいか、それだけを考えていた。僕がマダムのいれてくれたお茶を一口すすったとき、青扇はそっと立ちあがって、そうして隣りの部屋から将棋盤を持って来たのである。君も知っているように僕は将棋の上手である。一番くらいは指してもよいなと思った。客とろくに話もせぬうちに、だまって将棋盤を持ちだすのは、これは将棋のひとり天狗のよくやりたがる作法である。それではまず、ぎゅっと言わせてやろう。僕も微笑みながら、だまって駒をならべた。青扇の棋風は不思議であった。ひどく早いのである。こちらもそれに釣られて早く指すならば、いつの間にやら王将をとられている。そんな棋風であった。謂わば奇襲である。僕は幾番となく負けて、そのうちにだんだん熱狂しはじめたようであった。部屋が少しうすぐらくなったので、縁側に出て指しつづけた。結局は、十対六くらいで僕の負けになったのであるが、僕も青扇もぐったりしてしまった。

青扇は、勝負中は全く無口であった。しっかとあぐらの腰をおちつけて、つまり斜めにかまえていた。

「おなじくらいですな。」彼は駒を箱にしまいこみながら、まじめに呟いた。「横になりませんか。ああああ。疲れましたね。」

僕は失礼して脚をのばした。頭のうしろがちきちき痛んだ。青扇も将棋盤をわきへのけて、縁側へながながと寝そべった。そうして夕闇に包まれはじめた庭を頬杖ついて眺めながら、

「おや。かげろう！」ひくく叫んだ。「不思議ですねえ。ごらんなさいよ。いまじぶん、かげろうが。」

僕も、縁側に這いつくばって、庭のしめった黒土のうえをすかして見た。はっと気づいた。まだ要件をひとことも言わぬうちに、将棋を指したり、かげろうを捜したりしているおのれの呆け加減に気づいたのである。僕はあわてて坐り直した。

「木下さん。困りますよ。」そう言って、例の熨斗袋を懐から出したのである。「これは、いただけません。」

青扇はなぜかぎょっとしたらしく顔つきを変えて立ちあがった。僕も身構えた。

「なにもございませんけれど。」

マダムが縁側へ出て来て僕の顔を覗いた。部屋には電燈がぼんやりともっていたのである。

「そうか。そうか。」青扇は、せかせかした調子でなんども首肯きながら、眉をひそめ、何か遠いものを見ているようであった。「それでは、さきにごはんをたべましょう。お話は、それからゆっくりいたしましょうよ。」

僕はこのうえめしのごちそうになど、なりたくなかったのであるが、とにかくこの熨斗袋の始末だけはつけたいと思い、マダムについて部屋へはいった。それがよくなかったのである。酒を呑んだのだ。マダムに一杯すすめられたときには、これは困ったことになったと思った。けれども二杯三杯とのむにつれて、僕はしだいしだいに落ちついて来たのである。

はじめ青扇の自由天才流をからかうつもりで、床の軸物をふりかえって見て、これが自由天才流ですかな、と尋ねたものだ。すると青扇は、酔いですこし赤らんだ眼のほとりをいっそうぽっと赤くして、苦しそうに笑いだした。

「自由天才流？　ああ。あれは嘘ですよ。なにか職業がなければ、このごろの大家さんたちは貸してくれないということを聞きましたので、ま、あんな出鱈目をやったのです。怒っちゃいけませんよ。」そう言ってから、またひとしきりむせかえるようにして笑った。

「これは、古道具屋で見つけたのです。こんなふざけた書家もあるものかとおどろいて、三十銭かいくらで買いました。文句も北斗七星とばかりでなんの意味もないものですから気にいりました。私はげてものが好きなのですよ。」

僕は青扇をよっぽど傲慢な男にちがいないと思った。傲慢な男ほど、おのれの趣味をひねりたがるようである。

「失礼ですけれど、無職でおいでですか？」

また五円の切手が気になりだしたのである。きっとよくない仕掛けがあるにちがいないと考えた。

「そうなんです。」杯をふくみながら、まだにやにや笑っていた。「けれども御心配は要りませんよ。」

「いいえ。」なるたけよそよそしくしてやるように努めたのである。「僕は、はっきり言いますけれど、この五円の切手がだいいちに気がかりなのです。」

マダムが僕にお酌をしながら口を出した。

「ほんとうに。」ふくらんでいる小さい手で襟元を直してから微笑んだ。「木下がいけないのですの。こんどの大家さんは、わかくて善良らしいとか、そんな失礼なことを言いまして、あの、むりにあんなおかしげな切手を作らせましたのでございますの。ほんとうに。」「そうですか。」僕は思わず笑いかけた。「そうですか。僕もおどろいたのです。敷金の、」滑らせかけて口を噤んだ。

「そうですか。」青扇が僕の口真似をした。「わかりました。あした持ってあがりましょうね。銀行がやすみなのです。」

そう言われてみるときょうは日曜であった。僕たちはわけもなく声を合せて笑いこけた。

僕は学生時代から天才という言葉が好きであった。ロンブロオゾオやショオペンハウエルの天才論を読んで、ひそかにその天才に該当するような人間を捜しあるいたものであったが、なかなか見つからないのである。高等学校にはいっていたとき、そこの歴史の坊主頭をしたわかい教授が、全校の生徒の姓名とそれぞれの出身中学校とを悉くそらんじているという評判を聞いて、これは天才でなかろうかと注目していたのだが、それにしては講義がだらしなかった。あとで知ったことだけれど、生徒の姓名とその各々の出身中学校とを覚えているというのは、この教授の唯一の誇りであって、それらを記憶して置くために骨と肉と内臓とを不具にするほどの難儀をしていたのだそうである。いま僕は、こうして青扇と対座して話合ってみるに、その骨骼といい、頭恰好といい、瞳のいろといい、それから音声の調子といい、まったくロンブロオゾオやショオペンハウエルの規定している天才の特徴と酷似しているのである。たしかに、そのときにはそう思われた。蒼白瘦削《そうさく》。短軀猪首。台詞がかった鼻音声。

酒が相当にまわって来たころ、僕は青扇にたずねたのである。

「あなたは、さっき職業がないようなことをおっしゃったけれど、それでは何か研究でもしておられるのですか？」

「研究？」青扇はいたずら児のように、首をすくめて大きい眼をくるっとまわしてみせた。「なにを研究するの？　私は研究がきらいです。よい加減なひとり合点の註釈をつけることでしょう？　いやですよ。私は創るのだ。」

「なにをつくるのです。発明かしら？」

青扇はくつくつと笑いだした。黄色いジャケツを脱いでワイシャツ一枚になり、

「これは面白くなったですねえ。そうですよ。発明ですよ。無線電燈の発明だよ。世界じゅうに一本も電柱がなくなるというのはどんなにさばさばしたことでしょうね。だいいち、あなた、ちゃんばら活動のロケエションが大助かりです。私は役者ですよ。」

マダムは眼をふたつ乍ら煙《なが》ったそうに細めて、青扇のでらでら油光りしだした顔をぼんやり見あげた。

「だめでございますよ。酔っぱらったのですの。いつもこんな出鱈目ばかり申して、こまってしまいます。お気になさらぬように。」

「なにが出鱈目だ。うるさい。おおやさん、私はほんとに発明家ですよ。どうすれば人間、有名になれるか、これを発明したのです。それ、ごらん。膝を乗りだして来たじゃないか。これだ。いまのわかいひとたちは、みんなみんな有名病という奴にかかっているのです。少しやけくそな、しかも卑屈な有名病にね。君、いや、あなた、飛行家におなり。世界一周の早まわりのレコオド。どうかしら？　死ぬる覚悟で眼をつぶって、どこまでも西へ西へと飛ぶのだ。眼をあけたときには、群集の山さ。地球の寵児さ。たった三日の辛抱だ。どうかしら？　やる気はないかな。意気地のない野郎だねえ。ほっほっほ。いや、失礼。それでなければ犯罪だ。なあに、うまくいきますよ。自分さえがっちりしてれあ、なんでもないんだ。人を殺すもよし、ものを盗むもよし、ただ少しおおがかりな犯罪ほどよいのですよ。大丈夫。見つかるものか。時効のかかったころ、堂々と名乗り出るのさ。あなた、もてますよ。けれどもこれは、飛行機の三日間にくらべると、十年間くらいの我慢だから、あなたがた近代人には鳥渡《ちょっと》ふむきですね。よし。それでは、ちょうどあなたにむくくらいのつつましい方法を教えましょう。君みたいな助平ったれの、小心ものの、薄志弱行の徒輩には、醜聞という恰好の方法があるよ。まずまあ、この町内では有名になれる。人の細君と駈落ちしたまえ。え？」

僕はどうでもよかった。酒に酔ったときの青扇の顔は僕には美しく思われた。この顔はありふれていない。僕はふとプーシュキンを思い出したのである。どこかで見たことのある顔と思っていたのであるが、これはたしかに、えはがきやの店頭で見たプーシュキンの顔なのであった。みずみずしい眉のうえに、老いつかれた深い皺が幾きれも刻まれてあったあのプーシュキンの死面なのである。

僕もしたたかに酔ったようであった。とうとう、僕は懐中の切手を出し、それでもってお蕎麦屋から酒をとどけさせたのである。そうして僕たちは更に更にのんだのである。ひとと始めて知り合ったときのあの浮気に似たときめきが、ふたりを気張らせ、無智な雄弁によってもっともっとおのれを相手に知らせたいというようなじれったさを僕たちはお互いに感じ合っていたようである。僕たちは、たくさんの贋《にせ》の感激をして、幾度となく杯をやりとりした。気がついたときには、もうマダムはいなかった。寝てしまったのであろう。帰らなければなるまい、と僕は考えた。帰りしなに握手をした。

「君を好きだ。」僕はそう言った。

「私も君を好きなのだよ。」青扇もそう答えたようである。

「よし。万歳！」

「万歳。」

たしかにそんな工合いであったようである。僕には、酔いどれると万歳と叫びたてる悪癖があるのだ。

酒がよくなかった。いや、やっぱり僕がお調子ものだったからであろう。そのままずるずると僕たちのおかしなつきあいがはじまったのである。泥酔した翌る日いちにち、僕は狐か狸にでも化かされたようなぼんやりした気持ちであった。青扇は、どうしても普通でない。僕もこのとしになるまで、まだ独身で毎日毎日をぶらりぶらり遊んですごしているゆえ、親類縁者たちから変人あつかいを受けていやしめられているのであるが、けれども僕の頭脳はあくまで常識的である。妥協的である。通常の道徳を奉じて生きて来た。謂わば、健康でさえある。それにくらべて青扇は、どうやら、けたがはずれているようではないか。断じてよい市民ではないようである。僕は青扇の家主として、彼の正体のはっきり判るまではすこし遠ざかっていたほうがいろいろと都合がよいのではあるまいか、そうも考えられて、それから四五日のあいだは知らぬふりをしていた。

ところが、引越して一週間くらいたったころに、青扇とまた逢ってしまった。それが銭湯屋の湯槽《ゆぶね》のなかである。僕が風呂の流し場に足を踏みいれたとたんに、やあ、と大声をあげたものがいた。ひるすぎの風呂には他のひとの影がなかった。青扇がひとり湯槽につかっていたのである。僕はあわててしまい、あがり湯のカランのまえにしゃがんで石鹸をてのひらに塗り無数の泡を作った。よほどあわてていたものとみえる。はっと気づいたけれど、僕はそれでもわざとゆっくり、カランから湯を出して、てのひらの泡を洗いおとし、湯槽へはいった。

「先晩はどうも。」僕は流石に恥かしい思いであった。

「いいえ。」青扇はすましこんでいた。「あなた、これは木曾川の上流ですよ。」

僕は、青扇の瞳の方向によって、彼が湯槽のうえのペンキ画について言っているのだということを知った。

「ペンキ画のほうがよいのですよ。ほんとうの木曾川よりはね。いいえ。ペンキ画だからよいのでしょう。」そう言いながら僕をふりかえってみて微笑んだ。

「ええ。」僕も微笑んだ。彼の言葉の意味がわからなかったのである。

「これでも苦労したものですよ。良心のある画ですね。これを画いたペンキ屋の奴、この風呂へは、決して来ませんよ。」

「来るのじゃないでしょうか。自分の画を眺めながら、しずかにお湯にひたっているというのもわるくないでしょう。」

僕のそういったような言葉はどうやら青扇の侮蔑を買ったらしく彼は、さあ、と言ったきりで、自分の両手の手の甲をそろっと並べ、十枚の爪を眺めていた。

青扇は、さきに風呂から出た。僕は湯槽のお湯にひたりながら、脱衣場にいる青扇をそれとなく見ていた。きょうは鼠いろの紬の袷を着ている。彼があまりにも永く自分のすがたを鏡にうつしてみているのには、おどろかされた。やがて、僕も風呂から出たのであるが、青扇は、脱衣場の隅の椅子にひっそり坐って煙草をくゆらしながら僕を待っていてくれた。僕はなんだか息苦しい気持ちがした。ふたり一緒に銭湯屋を出て、みちみち彼はこんなことを呟いた。

「はだかのすがたを見ないうちは気を許せないのです。いいえ。男と男とのあいだのことですよ。」

その日、僕は誘われるがままに、また青扇のもとを訪れた。途中、青扇とわかれ、いったん僕の家へ寄り頭髪の手入れなどを少しして、それから約束したとおり、すぐに青扇のうちへ出かけたのである。けれども青扇はいなかったのだ。マダムがひとりいた。入日のあたる縁側で夕刊を読んでいたのである。僕は玄関のわきの枝折戸をあけて、小庭をつき切り、縁先に立った。いないのですか、と聞いてみると、

「ええ。」新聞から眼を離さずにそう答えた。下唇をつよく嚙んで、不気嫌であった。

「まだ風呂から帰らないのですか?」

「そう。」

「はて。僕と風呂で一緒になりましてね。遊びに来いとおっしゃったものですから。」

「あてになりませんのでございますよ。」恥かしそうに笑って、夕刊のペエジを繰った。

「それでは、しつれいいたします。」

「あら。すこしお待ちになったら？　お茶でもめしあがれ。」マダムは夕刊を畳んで僕のほうへのべてよこした。

　僕は縁側に腰をおろした。庭の紅梅の粒々の蕾は、ふくらんでいた。

「木下を信用しないほうがよござんすよ。」

だしぬけに耳のそばでそう囁かれて、ぎょっとした。マダムは僕にお茶をすすめた。

「なぜですか？」僕はまじめであった。

「だめなんですの。」片方の眉をきゅっとあげて小さい溜息を吐いたのである。

　僕は危く失笑しかけた。青扇が日頃、へんな自矜《じきょう》の怠惰にふけっているのを真似て、この女も、なにかしら特異な才能のある夫にかしずくことの苦労をそれとなく誇っているのにちがいないと思ったのである。爽快な嘘を吐くものかなと僕は内心おかしかった。けれどこれしきの嘘には僕も負けてはいないのである。

「出鱈目は、天才の特質のひとつだと言われていますけれど。その瞬間瞬間の真実だけを言うのです。豹変という言葉がありますね。わるくいえばオポチュニストです。」

「天才だなんて。まさか。」マダムは、僕のお茶の飲みさしを庭に捨てて、代りをいれた。

僕は湯あがりのせいで、のどが渇いていた。熱い番茶をすすりながら、どうして天才でないことを言い切れるか、と追及してみた。はじめから、少しでも青扇の正体らしいものをさぐり出そうとかかっていたわけである。

「威張るのですの。」そういう返事であった。

「そうですか。」僕は笑ってしまった。

この女も青扇とおなじように、うんと利巧かうんと莫迦かどちらかであろう。とにかく話にならないと思ったのだ。けれど僕は、マダムが青扇をかなり愛しているらしいということだけは知り得たつもりであった。黄昏の靄《もや》にぼかされて行く庭を眺めながら、僕はわずかの妥協をマダムに暗示してやった。

「木下さんはあれでやはり何か考えているのでしょう。それなら、ほんとの休息なんてないわけですね。なまけてはいないのです。風呂にはいっているときでも、爪を切っているときでも。」

「まあ。だからいたわってやれとおっしゃるの？」

僕には、それが相当むきな調子に聞えたので、いくぶんせせら笑いの意味をこめて、なにか喧嘩でもしたのですか、と反問してやった。

「いいえ。」マダムは可笑しそうにしていた。

喧嘩をしたのにちがいないのだ。しかも、いまは青扇を待ちこがれているのにきまっている。

「しつれいしましょう。ああ。またまいります。」

夕闇がせまっていて百日紅の幹だけが、軟らかに浮きあがって見えた。僕は庭の枝折戸に手をかけ、振りむいてマダムにもいちど挨拶した。マダムは、ぽつんと白く縁側に立っていたが、ていねいにお辞儀を返した。僕は心のうちで、この夫婦は愛し合っているのだ、とわびしげに呟いたことである。

愛し合っているということは知り得たものの、青扇の何者であるかは、どうも僕にはよくつかめなかったのである。いま流行のニヒリストだとでもいうのか、それともれいの赤か、いや、なんでもない金持ちの気取りやなのであろうか、いずれにもせよ、僕はこんな男にうっかり家を貸したことを後悔しはじめたのだ。

そのうちに、僕の不吉の予感が、そろそろとあたって来たのであった。三月が過ぎても、四月が過ぎても、青扇からなんの音沙汰もないのである。家の貸借に関する様様の証書も何ひとつ取りかわさず、敷金のことも勿論そのままになっていた。しかし僕は、ほかの家主みたいに、証書のことなどにうるさくかかわり合うのがいやなたちだし、また敷金だとてそれをほかへまわして金利なんかを得ることはきらいで、青扇も言ったように貯金のようなものであるから、それは、まあ、どうでもよかった。けれども屋賃をいれてくれないのには、弱ったのである。僕はそれでも五月までは知らぬふりをしてすごしてやった。それは僕の無頓着と寛大から来ているという工合いに説明したいところであるが、ほんとうを言えば、僕には青扇がこわかったのである。青扇のことを思えば、なんとも知れぬけむったさを感じるのである。逢いたくなかった。どうせ逢って話をつけなければならないとは判っていたが、それでも一寸のがれに、明日明日とのばしているのであった。つまりは僕の薄志弱行のゆえであろう。

五月のおわり、僕はとうとう思い切って青扇のうちへ訪ねて行くことにした。朝はやくでかけたのである。僕はいつでもそうであるが、思い立つと、一刻も早くその用事をすましてしまわなければ気がすまぬのである。行ってみると、玄関がまだしまっていた。寝ているらしいのだ。わかい夫婦の寝ごみを襲撃するなど、いやであったから、僕はそのまま引返して来たのである。いらいらしながら家の庭木の手入れなどをして、やっと昼頃になってから僕はまたでかけたのだ。まだしまっていたのである。こんどは僕も庭のほうへまわってみた。庭の五株の霧島躑躅の花はそれぞれ蜂の巣のように咲きこごっていた。紅梅は花が散ってしまっていて青青した葉をひろげ、百日紅は枝々の股からささくれのようなひょろひょろした若葉を生やしていた。雨戸もしまっていた。僕は軽く二つ三つ戸をたたき、木下さん、木下さん、とひくく呼んだ。しんとしているのである。僕は雨戸のすきまからこっそりなかを覗いてみた。いくつになっても人間には、すき見の興味があるものなのであろう。まっくらでなんにも見えなかった。けれど、誰やら六畳の居間に寝ているような気はいだけは察することができた。僕は雨戸からからだを離し、もいちど呼ぼうかどうかを考えたのであるが、結局そのまま、また僕の家へひきかえして来たのである。覗いたという後悔からの気おくれが、僕をそんなにしおしお引返えさせたらしいのだ。家へ帰ってみると、ちょうど来客があって、そのひと二つ三つの用談をきめているうちに、日も暮れた。客を送りだしてから、僕はまた三度目の訪問を企てたのである。まさかまだ寝ているわけはあるまいと考えた。

青扇のうちにはあかりがついていて、玄関もあいていた。声をかけると、誰？　という青扇のかすれた返事があった。

「僕です。」

「ああ。おおやさん。おあがり。」六畳の居間にいるらしかった。

うちの空気が、なんだか陰気くさいのである。玄関に立ったままで六畳間のほうを頸かしげて覗くと、青扇は、どてら姿で寝床をそそくさと取りかたづけていた。ほのぐらい電燈の下の青扇の顔は、おやと思ったほど老けて見えた。

「もうおやすみですか。」

「え。いいえ。かまいません。一日いっぱい寝ているのです。ほんとうに。こうして寝ているといちばん金がかからないものですから。」そんなことを言い言い、どうやら部屋をかたづけてしまったらしく、走るようにして玄関へ出て来た。「どうも、しばらくです。」

　僕の顔をろくろく見もせず、すぐうつむいてしまった。

「屋賃は当分だめですよ。」だしぬけに言ったのである。

　僕は流石にむっとした。わざと返事をしなかった。

「マダムが逃げました。」玄関の障子によりそってしずかにしゃがみこんだ。電燈のあかりを背面から受けているので青扇の顔はただまっくろに見えるのである。

「どうしてです。」僕はどきっとしたのだ。

「きらわれましたよ。ほかに男ができたのでしょう。そんな女なのです。」いつもに似ず言葉の調子がはきはきしていた。

「いつごろです。」僕は玄関の式台に腰をおろした。

「さあ、先月の中旬ごろだったでしょうか。あがらない？」

「いいえ。きょうは他に用事もあるし。」僕には少し薄気味がわるかったのである。

「恥かしいことでしょうけれど、私は、女の親元からの仕送りで生活していたのです。それがこんなになって。」

せかせか言いつづける青扇の態度に、一刻もはやく客を追いかえそうとしている気がまえを見てとった。僕はわざわざ袂から煙草をとりだし、マッチがありませんか？ と言ってやったのである。青扇はだまって勝手元のほうへ立って行って、大箱の徳用マッチを持って来た。

「なぜ働かないのかしら？」僕は煙草をくゆらしながら、いまからゆっくり話込んでやろうとひそかに決意していた。

「働けないからです。才能がないのでしょう。」相変らずてきぱきした語調であった。

「冗談じゃない。」

「いいえ。働けたらねえ。」

僕は青扇が思いのほかに素直な気質を持っていることを知ったのである。胸もつまったけれど、このまま彼に同情していては、屋賃のことがどうにもならぬのだ。僕はおのれの気持ちをはげました。

「それでは困るじゃないですか。僕のほうも困るし、あなただっていつまでもこうしている訳にいきますまい。」吸いかけの煙草を土間へ投げつけた。赤い火花がセメントのたたきにぱっと散りひろがって、消えた。

「ええ。それは、なんとかします。あてがあります。あなたには感謝しています。もうすこし待っていただけないでしょうか。もうすこし。」

僕は二本目の煙草をくわえ、またマッチをすった。さっきから気にかかっていた青扇の顔をそのマッチのあかりでちらと覗いてみることができた。僕は思わずぽろっと、燃えるマッチをとり落したのである。悪鬼の面を見たからであった。

「それでは、いずれまた参ります。ないものは頂戴いたしません。」僕はいますぐここからのがれたかった。

「そうですか。どうもわざわざ。」青扇は神妙にそう言って、立ちあがった。それからひとりごとのように呟くのである。「四十二の一白水星。気の多いとしまわりで弱ります。」

僕はころげるようにして青扇の家から出て、夢中で家路をいそいだものだ。けれど少しずつ落ちつくにつれて、なんだか莫迦をみたというような気がだんだんと起って来たのである。また一杯くわされた。青扇の思い詰めたようなはっきりした口調も、四十二歳をそれとなく呟いたことも、みんな堪らないほどわざとらしくきざっぽく思われだした。僕はどうも少し甘いようだ。こんなゆるんだ性質では家主はとてもつとまるものではないな、と考えた。

僕はそれから二三日、青扇のことばかりを考えてくらした。僕も父親の遺産のおかげで、こうしてただのらくらと一日一日を送っていて、べつにつとめをするという気も起らず、青扇の働けたらねえという述懐も、僕には判らぬこともないのであるが、けれど青扇がほんとうにいま一文も収入のあてがなくて暮しているのだとすれば、それだけでもすでにありふれた精神でない。いや、精神などというと立派に聞えるが、とにかくそうとう図太い根性である。もうこうなったうえは、どうにかしてあいつの正体らしいものをつきとめてやらなければ安心ができないと考えたのだ。

五月がすぎて、六月になっても、やはり青扇からはなんの挨拶もないのであった。僕はまた彼の家に出むいて行かなければならなかったのである。

その日、青扇はスポオツマンらしく、襟附きのワイシャツに白いズボンをはいて、何かてれくさそうに恥らいながら出て来た。家ぜんたいが明るい感じであった。六畳間にとおされて、見ると、部屋の床の間寄りの隅にいつ買いいれたのか鼠いろの天鵞絨《ビロード》が張られた古ものらしいソファがあり、しかも畳のうえには淡緑色の絨氈が敷かれていた。部屋のおもむきが一変していたのである。青扇は僕をソファに坐らせた。

庭の百日紅は、そろそろ猩々緋《しょうじょうひ》の花をひらきかけていた。

「いつも、ほんとうに相すみません。こんどは大丈夫ですよ。しごとが見つかりました。おい、ていちゃん。」青扇は僕とならんでソファに腰をおろしてから、隣りの部屋へ声をかけたのである。

水兵服を着た小柄な女が、四畳半のほうから、ぴょこんと出て来た。丸顔の健康そうな頬をした少女であった。眼もおそれを知らぬようにきょとんと澄んでいた。

「おおやさんだよ。ご挨拶をおし。うちの女です。」

僕はおやおやと思った。先刻の青扇の恥らいをふくんだ微笑みの意味がとけたのであった。

「どんなお仕事でしょう。」

その少女がまた隣りの部屋にひっこんでから、僕は、ことさらに生野暮をよそって仕事のことをたずねてやった。きょうばかりは化かされまいぞと用心をしていたのである。

「小説です。」

「え？」

「いいえ。むかしから私は、文学を勉強していたのですよ。ようやくこのごろ芽が出たのです。実話を書きます。」澄ましこんでいた。

「実話と言いますと？」僕はしつこく尋ねた。

「つまり、ないことを事実あったとして報告するのです。なんでもないのさ。何県何村何番地とか、大正何年何月何日とか、その頃の新聞で知っているであろうがとかいう文句を忘れずにいれて置いてあとは、必ずないことを書きます。つまり小説ですねえ。」

青扇は彼の新妻のことで流石にいくぶん気おくれしているのか、僕の視線を避けるようにして、長い頭髪のふけを掻き落したり膝をなんども組み直したりなどしながら、少し雄弁をふるったのである。

「ほんとうによいのですか。困りますよ。」

「大丈夫。大丈夫。ええ。」僕の言葉をさえぎるようにして大丈夫を繰りかえし、そうしてほがらかに笑っていた。僕は、信じた。

そのとき、さきの少女が紅茶の銀盆をささげてはいって来たのだ。

「あなた、ごらんなさい。」青扇は紅茶の茶碗を受けとって僕に手渡し自分の茶碗を受けとりしなに、そう言ってうしろを振りむいた。床の間には、もう北斗七星の掛軸がなくなっていて、高さが一尺くらいの石膏の胸像がひとつ置かれてあった。胸像のかたわらには、鶏頭の花が咲いていた。少女は耳の附け根まであかくなった顔を錆びた銀盆で半分かくし、瞳の茶色なおおきい眼を更におおきくして彼を睨んだ。青扇はその視線を片手で払いのけるようにしながら、

「その胸像の額をごらんください。よごれているでしょう？　仕様がないんです。」

少女は眼にもとまらぬくらいの素早さで部屋から飛び出た。

「どうしたのです。」僕には訳がわからなかった。

「なに。てい子のむかしのあれの胸像なんだそうです。たったひとつの嫁入り道具ですよ。キスするのです。」こともなげに笑っていた。

僕はいやな気がした。

「おいやのようですね。けれども世の中はこんな工合いになっているのです。仕様がありませんよ。見ていると感心に花を毎日とりかえます。きのうはダリヤでした。おとといは蛍草でした。いや、アマリリスだったかな。コスモスだったかしら。」

この手だ。こんな調子にまたうかうか乗せられたなら、前のように肩すかしを食わされるのである。そう気づいたゆえ、僕は意地悪くかかって、それにとりあってやらなかったのだ。

「いや。お仕事のほうは、もうはじめているのですか？」

「ああ、それは、」紅茶を一口すすった。「そろそろはじめていますけれど、大丈夫ですよ。私はほんとうは、文学書生なんですからね。」

僕は紅茶の茶碗の置きどころを捜しながら、

「でもあなたの、ほんとうは、は、あてになりませんからね。ほんとうは、というそんな言葉でまたひとつ嘘の上塗りをしているようで。」

「や、これは痛い。そうぽんぽん事実を突きたがるものじゃないな。私はね、むかし森鷗外、ご存じでしょう？　あの先生についたものですよ。あの青年という小説の主人公は私なのです。」

これは僕にも意外であった。僕もその小説は余程まえにいちど読んだことがあって、あのかそけきロマンチシズムは、永く僕の心をとらえ離さなかったものであるが、けれどもあのなかのあまりにもよろずに綺麗すぎる主人公にモデルがあったとは知らなかったのである。老人の頭ででっちあげられた青年であるから、こんなに綺麗すぎたのであろう。ほんとうの青年は猜忌や打算もつよく、もっと息苦しいものなのに、と僕にとって不満でもあったあの水蓮のような青年は、それではこの青扇だったのか。そう興奮しかけたけれど、すぐいやいやと用心したのである。

「はじめて聞きました。でもあれは、失礼ですが、もっとおっとりしたお坊ちゃんのようでしたけれど。」

「これは、ひどいなあ。」青扇は僕が持ちあぐんでいた紅茶の茶碗をそっと取りあげ、自分のと一緒にソファの下へかたづけた。「あの時代には、あれでよかったのです。でも今ではあの青年も、こんなになってしまうのです。私だけではないと思うのですが。」

僕は青扇の顔を見直した。

「それはつまり抽象して言っているのでしょうか。」

「いいえ。」青扇はいぶかしそうに僕の瞳を覗いた。「私のことを言っているのですけれど？」

僕はまたまた憐愍《れんびん》に似た情を感じたのである。

「まあ、きょうは僕はこれで帰りましょう。きっとお仕事をはじめて下さい。」そう言い置いて、青扇の家を出たのであるが、帰途、青扇の成功をいのらずにおれなかった。それは、青年についての青扇の言葉がなんだか僕のからだにしみついて来て、自分ながらおかしいほどしおれてしまったせいでもあるし、また、青扇のあらたな結婚によって何やら彼の幸福を祈ってやりたいような気持ちになっていたせいでもあろう。みちみち僕は思案した。あの屋賃を取りたてないからといって、べつに僕にとって生活に窮するというわけではない。たかだか小使銭の不自由くらいのものである。これはひとつ、あのめぐまれない老いた青年のために僕のその不自由をしのんでやろう。

僕はどうも芸術家というものに心をひかれる欠点を持っているようだ。ことにもその男が、世の中から正当に言われていない場合には、いっそう胸がときめくのである。青扇がほんとうにいま芽が出かかっているものとすれば、屋賃などのことで彼の心持ちをにごらすのは、いけないことだ。これは、いますこしそっとして置いたほうがよい。彼の出世をたのしもう。僕は、そのときふと口をついて出たHe is not what he was. という言葉をたいへんよろこばしく感じたのである。僕が中学校にはいっていたとき、この文句を英文法の教科書のなかに見つけて心をさわがせ、そしてこの文句はまた、僕が中学五年間を通じて受けた教育のうちでいまだに忘れられぬ唯一の智識なのであるが、訪れるたびごとに何か驚異と感慨をあらたにしてくれる青扇と、この文法の作例として記されていた一句とを思い合せ、僕は青扇に対してある異状な期待を持ちはじめたのである。

けれども僕は、この僕の決意を青扇に告げてやるようなことは躊躇していた。それはいずれ家主根性ともいうべきものであろう。ひょっとすると、あすにでも青扇がいままでの屋賃をそっくりまとめて、持って来てくれるかも知れない。そのようなひそかな期待もあって、僕は青扇に進んでこちらから屋賃をいらぬなどとは言わないのであった。それがまた青扇をはげますもとになってくれたなら、つまり両方のためによいことだとも思ったのである。

七月のおわり、僕は青扇のもとをまた訪れたのであるが、こんどはどんなによくなっているか、何かまた進歩や変化があるだろう。それを楽しみにしながら出かけたのであった。行ってみて呆然としてしまった。変っているどころではなかったのである。

僕はその日、すぐに庭から六畳の縁側のほうへまわってみたのであるが、青扇は猿股ひとつで縁側にあぐらをかいていて、大きい茶碗を股のなかにいれ、それを里芋に似た短い棒でもって懸命にかきまわしていたのだ。なにをしているのですと声をかけた。

「やあ。薄茶でございますよ。茶をたてているのです。こんなに暑いときには、これに限るのですよ。一杯いかが？」

僕は青扇の言葉づかいがどこやら変っているのに気がついた。けれども、それをいぶかしがっている場合ではなかった。僕はその茶をのまなければならなかったのである。青扇は茶碗をむりやりに僕に持たせて、それから傍に脱ぎ捨ててあった弁慶格子の小粋なゆかたを坐ったままで素早く着込んだ。僕は縁側に腰をおろし、しかたなく茶をすすった。のんでみると、ほどよい苦味があって、なるほどおいしかったのである。

「どうしてまた。風流ですね。」

「いいえ。おいしいからのむのです。わたくし、実話を書くのがいやになりましてねえ。」

「へえ。」

「書いていますよ。」青扇は兵古帯《へこおび》をむすびながら床の間のほうへいざり寄った。

床の間にはこのあいだの石膏の像はなくて、その代りに、牡丹の花模様の袋にはいった三味線らしいものが立てかけられていた。青扇は床の間の隅にある竹の手文庫をかきまわしていたが、やがて小さく折り畳まれてある紙片をつまんで持って来た。

「こんなのを書きたいと思いまして、文献を集めているのですよ。」

僕は薄茶の茶碗をしたに置いて、その二三枚の紙片を受けとった。婦人雑誌あたりの切り抜きらしく、四季の渡り鳥という題が印刷されていた。

「ねえ。この写真がいいでしょう。これは、渡り鳥が海のうえで深い霧などに襲われたとき方向を見失い光りを慕ってただまっしぐらに飛んだ罰で燈台へぶつかりばたばたと死んだところなのですよ。何千万という死骸です。渡り鳥というのは悲しい鳥ですな。旅が生活なのですからねえ。ひとところにじっとしておれない宿命を負うているのです。わたくし、これを一元描写でやろうと思うのさ。私という若い渡り鳥が、ただ東から西、西から東とうろうろしているうちに老いてしまうという主題なのです。仲間がだんだん死んでいきましてね。鉄砲で打たれたり、波に呑まれたり、飢えたり、病んだり、巣のあたたまるひまもない悲しさ。あなた。沖の鷗に潮どき聞けば、という唄がありますねえ。わたくし、いつかあなたに有名病についてお話いたしましたけど、なに、人を殺したり飛行機に乗ったりするよりは、もっと楽な法がありますわ。しかも死後の名声という附録つきです。傑作をひとつ書くことなのさ。これですよ。」

僕は彼の雄弁のかげに、なにかまたてれかくしの意図を嗅いだ。果して、勝手口から、あの少女でもない、色のあさぐろい、日本髪を結った痩せがたの見知らぬ女のひとがこちらをこっそり覗いているのを、ちらと見てしまった。

「それでは、まあ、その傑作をお書きなさい。」

「お帰りですか？　薄茶を、もひとつ。」

「いや。」

僕は帰途また思いなやまなければいけなかった。これはいよいよ、災難である。こんな出鱈目が世の中にあるだろうか。いまは非難を通り越して、あきれたのである。ふと僕は彼の渡り鳥の話を思い出したのだ。突然、僕と彼との相似を感じた。どこというのではない。なにかしら同じ体臭が感ぜられた。君も僕も渡り鳥だ、そう言っているようにも思われ、それが僕を不安にしてしまった。彼が僕に影響を与えているのか、僕が彼に影響を与えているのか、どちらかがヴァンピイルだ。どちらかが、知らぬうちに相手の気持ちにそろそろ食いいっているのではあるまいか。僕が彼の豹変ぶりを期待して訪れる気持ちを彼が察して、その僕の期待が彼をしばりつけ、ことさらに彼は変化をして行かなければいけないように努めているのであるまいか。あれこれと考えれば考えるほど青扇と僕との体臭がからまり、反射し合っているようで、加速度的に僕は彼にこだわりはじめたのであった。青扇はいまに傑作を書くだろうか。僕は彼の渡り鳥の小説にたいへんな興味を持ちはじめたのである。南天燭を植木屋に言いつけて彼の玄関の傍に植えさせてやったのは、そのころのことであった。

八月には、僕は房総のほうの海岸で凡《およ》そ二月をすごした。九月のおわりまでいたのである。帰ってすぐその日のひるすぎ、僕は土産の鰈の干物を少しばかり持って青扇を訪れた。このように僕は、ただならぬ親睦を彼に感じ、力こぶをさえいれていたのであった。

庭先からはいって行くと、青扇は、いかにも嬉しげに僕をむかえた。頭髪を短く刈ってしまって、いよいよ若く見えた。けれど容色はどこやらけわしくなっていたようであった。紺絣の単衣《ひとえ》を着ていた。僕もなんだかなつかしくて、彼の痩せた肩にもたれかかるようにして部屋へはいったのである。部屋のまんなかにちゃぶだいが具えられ、卓のうえには、一ダアスほどのビイル瓶とコップが二つ置かれていた。

「不思議です。きょうは来るとたしかにそう思っていたのです。いや、不思議です。それで朝からこんな仕度をして、お待ち申していました。不思議だな。まあ、どうぞ。」

やがて僕たちはゆるゆるとビイルを呑みはじめたわけであった。

「どうです。お仕事ができましたか?」

「それが駄目でした。この百日紅に油蟬がいっぱいたかって、朝っから晩までしゃあしゃあ鳴くので気が狂いかけました。」

　僕は思わず笑わされた。

「いや、ほんとうですよ。かなわないので、こんなに髪を短くしたり、さまざまこれで苦心をしたのですよ。でも、きょうはよくおいでくださいました。」黒ずんでいる唇をおどけものらしくちょっと尖らせて、コップのビイルをほとんど一息に呑んでしまった。

「ずっとこっちにいたのですか。」僕は唇にあてたビイルのコップを下へ置いた。コップの中には蚋《ぶよ》に似た小さい虫が一匹浮いて、泡のうえでしきりにもがいていた。

「ええ。」青扇は卓に両肘をついてコップを眼の高さまでささげ、噴きあがるビイルの泡をぼんやり眺めながら余念なさそうに言った。「ほかに行くところもないのですものねえ。」

「ああ。お土産を持って来ましたよ。」

「ありがとう。」

　何か考えているらしく、僕の差しだす干物には眼もくれず、やはり自分のコップをすかして見ていた。眼が坐っていた。もう酔っているらしいのである。僕は、小指のさきで泡のうえの虫を掬《すく》いあげてから、だまってごくごく呑みほした。

「貧すれば貪《どん》すという言葉がありますねえ。」青扇はねちねちした調子で言いだした。「まったくだと思いますよ。清貧なんてあるものか。金があったらねえ。」

「どうしたのです。へんに搦《から》みつくじゃないか。」

僕は膝をくずして、わざと庭を眺めた。いちいちとり合っていても仕様がないと思ったのである。

「百日紅がまだ咲いていますでしょう? いやな花だなあ。もう三月は咲いていますよ。散りたくても散れぬなんて、気のきかない樹だよ。」

僕は聞えぬふりして卓のしたの団扇をとりあげ、ばさばさ使いはじめた。

「あなた。私はまたひとりものですよ。」

僕は振りかえった。青扇はビイルをひとりでついで、ひとりで呑んでいた。

「まえから聞こうと思っていたのですが、どうしたのだろう。あなたは莫迦《ばか》に浮気じゃないか。」

「いいえ。みんな逃げてしまうのです。どう仕様もないさ。」

「しぼるからじゃないかな。いつかそんな話をしていましたね。失礼だが、あなたは女の金で暮していたのでしょう?」

「あれは嘘です。」彼は卓のしたのニッケルの煙草入から煙草を一本つまみだし、おちついて吸いはじめた。「ほんとうは私の田舎からの仕送りがあるのです。いいえ。私は女房をときどきかえるのがほんとうだと思うね。あなた。箪笥から鏡台まで、みんな私のものです。女房は着のみ着のままで私のうちへ来て、それからまたそのままいつでも帰って行けるのです。私の発明だよ。」

「莫迦だね。」僕は悲しい気持ちでビイルをあおった。

「金があればねえ。金がほしいのですよ。私のからだは腐っているのだ。五六丈くらいの滝に打たせて清めたいのです。そうすれば、あなたのようなよい人とも、もっともっとわけへだてなくつき合えるのだし。」

「そんなことは気にしなくてよいよ。」

屋賃などあてにしていないことを言おうと思ったが、言えなかった。彼の吸っている煙草がホープであることにふと気づいたからでもあった。お金がまるっきりないわけでもないな、と思ったのだ。

青扇は、僕の視線が彼の煙草にそそがれていることを知り、またそれを見つめた僕の気持ちをすぐに察してしまったようであった。

「ホープはいいですよ。甘くもないし、辛くもないし、なんでもない味なものだから好きなんだ。だいいち名前がよいじゃないか。」ひとりでそんな弁明らしいことを言ってから、今度はふと語調をかえた。「小説を書いたのです。十枚ばかり。そのあとがつづかないのです。」煙草を指先にはさんだままのひらで両の鼻翼の油をゆっくり拭った。「刺激がないからいけないのだと思って、こんな試みまでもしてみたのですよ。一生懸命に金をためて、十二三円たまったから、それを持ってカフェへ行き、もっともばからしく使って来ました。悔恨の情をあてにしたわけですね。」

「それで書けましたか。」

「駄目でした。」

僕は噴きだした。青扇も笑い出して、ホープをぽんと庭へほうった。

「小説というものはつまらないですねえ。どんなによいものを書いたところで、百年もまえにもっと立派な作品がちゃんとどこかにできてあるのだもの。もっと新しい、もっと明日の作品が百年まえにできてしまっているのですよ。せいぜい真似るだけだねえ。」

「そんなことはないだろう。あとのひとほど巧いと思うな。」

「どこからそんなだいそれた確信が得られるの？　軽々しくものを言っちゃいけない。どこからそんな確信が得られるのだ。よい作家はすぐれた独自の個性じゃないか。高い個性を創るのだ。渡り鳥には、それができないのです。」

日が暮れかけていた。青扇は団扇でしきりに臑の蚊を払っていた。すぐ近くに藪があるので、蚊も多いのである。

「けれど、無性格は天才の特質だともいうね。」

僕がこころみにそう言ってやると、青扇は、不満そうに口を尖らせては見せたものの、顔のどこやらが確かににたりと笑ったのだ。僕はそれを見つけた。とたんに僕の酔がさめた。やっぱりそうだ。これは、きっと僕の真似だ。いつか僕がここの最初のマダムに天才の出鱈目を教えてやったことがあったけれど、青扇はそれを聞いたにちがいない。それが暗示となって青扇の心にいままで絶えず働きかけその行いを掣肘《せいちゅう》して来たのではあるまいか。青扇のいままでのどこやら常人と異ったような態度は、すべて僕が彼になにげなく言ってやった言葉の期待を裏切らせまいとしてのもののようにも思われた。この男は、意識しないで僕に甘ったれ、僕のたいこもちを勤めていたのではないだろうか。

「あなたも子供ではないのだから、莫迦なことはよい加減によさないか。僕だって、この家をただ遊ばせて置いてあるのじゃないよ。地代だって先月からまた少しあがったし、それに税金やら保険料やら修繕費用なんかで相当の金をとられているのだ。ひとにめいわくをかけて素知らぬ顔のできるのは、この世ならぬ傲慢の精神か、それとも乞食の根性か、どちらかだ。甘ったれるのもこのへんでよし給え。」言い捨てて立ちあがった。

「ああ。こんな晩に私が笛でも吹けたらなあ。」青扇はひとりごとのように呟きながら縁側へ僕を送って出て来た。

僕が庭先へおりるとき、暗闇のために下駄のありかがわからなかった。

「おおやさん。電燈をとめられているのです。」

やっと下駄を捜しだし、それをつっかけてから青扇の顔をそっと覗いた。青扇は縁先に立って澄んだ星空の一端が新宿辺の電燈のせいで火事のようにあかるくなっているのをぼんやり見ていた。僕は思い出した。はじめから青扇の顔をどこかで見たことがあると気にかかっていたのだが、そのときやっと思い出した。プーシュキンではない。僕の以前の店子であったビイル会社の技師の白い頭髪を短く角刈にした老婆の顔にそっくりであったのである。

十月、十一月、十二月、僕はこの三月間は青扇のもとへ行かない。青扇もまたもちろん僕のところへは来ないのだ。ただいちど、銭湯屋で一緒になったことがあるきりである。夜の十二時ちかく、風呂もしまいになりかけていたころであった。青扇は素裸のまま脱衣場の畳のうえにべったり坐って足の指の爪を切っていたのである。風呂からあがりたてらしく、やせこけた両肩から湯気がほやほやたっていた。僕の顔を見てもさほど驚かずに、

「夜爪を切ると死人が出るそうですね。この風呂で誰か死んだのですよ。おおやさん。このごろは私、爪と髪ばかり伸びて。」

にやにやうす笑いしてそんなことを言い言いぱちんぱちんと爪を切っていたが、切って

しまったら急にあわてふためいてどてらを着込み、れいの鏡も見ずにそそくさと帰っていったのである。僕にはそれもまたさもしい感じで、ただ軽侮の念を増しただけであった。

ことしのお正月、僕は近所へ年始まわりに歩いたついでにちょっと青扇のところへも立ち寄ってみた。そのとき玄関をあけたら赤ちゃけた胴の長い犬がだしぬけに僕に吠えついたのにびっくりさせられた。青扇は、卵いろのブルウズのようなものを着てナイトキャップをかぶり、妙に若がえって出て来たが、すぐ犬の首をおさえて、この犬は、としのくれにどこからか迷いこんで来たものであるが、二三日めしを食わせてやっているうちに、もう忠義顔をしてよそのひとに吠えたててみせているのだ、そのうちどこかへ捨てに行くつもりです、とつまらぬことを挨拶を抜きにして言いたてたのである。おおかたまたてれくさい事件でも起っているのだろうと思い、僕は青扇のとめるのも振りきってすぐおいとまをした。けれども青扇は僕のあとを追いかけて来たのである。

「おおやさん。お正月早々、こんな話をするのもなんですけれど、私は、いまほんとうに気が狂いかけているのです。うちの座敷へ小さい蜘蛛がいっぱい出て来て困っています。このあいだ、ひとりで退屈まぎれに火箸の曲ったのを直そうと思ってかちんかちん火鉢のふちにたたきつけていたら、あなた、女房が洗濯を止し眼つきをかえて私の部屋へかけこんで来ましてねえ、てっきり気ちがいになったと思った、そう言うのですよ。かえって私のほうがぎょっとしました。あなた、お金ある？　いや、いいんです。それで、もうこの二三日すっかりくさって、お正月も、うちではわざとなんの仕度もしないのですよ。ほんとうにわざわざおいで下さいましたのに。私たち、なんのおかまいもできませんし。」

「新しい奥さんができたのですか。」僕はできるだけ意地わるい口調で言ってみた。

「ああ。」子供みたいにはにかんでいた。

おおかたヒステリイの女とでも同棲をはじめたのであろうと思った。

ついこのあいだ、二月のはじめころのことである。僕は夜おそく思いがけない女のひとのおとずれを受けた。玄関へ出てみると、青扇の最初のマダムであったのである。黒い毛のショオルにくるまって荒い飛白《かすり》のコオトを着ていた。白い頬がいっそう蒼くすき透って来たようであった。ちょっとお話したいことがございますから、一緒にそこらまでつきあってくれというのである。僕はマントも着ず、そのまま一緒にそとへ出た。霜がおりて、輪廓のはっきりした冷い満月が出ていた。僕たちはしばらくだまって歩いた。

「昨年の暮から、またこっちへ来ましたのでございますよ。」怒ったような眼つきでまっすぐを見ながら言った。

「それは。」僕にはほかに言いようがなかったのである。

「こっちが恋いしくなったものですから。」余念なげにそう囁いた。

僕はだまりこくっていた。僕たちは、杉林のほうへゆっくり歩みをすすめていたのである。

「木下さんはどうしています。」

「相変らずでございます。ほんとうに相すみません。」青い毛糸の手袋をはめた両手を膝頭のあたりにまでさげた。

「困るですね。僕はこのあいだ喧嘩をしてしまいました。いったい何をしているのです。」

「だめなんでございます。まるで気ちがいですの。」

僕は微笑んだ。曲った火箸の話を思い出したのである。それでは、あの神経過敏の女房というのはこのマダムだったのであろう。

「でもあれで何かきっと考えていますよ。」僕にはやはり一応、反駁して置きたいような気が起るのであった。

マダムはくすくす笑いながら答えた。

「ええ。華族さんになって、それからお金持ちになるんですって。」

僕はすこし寒かった。足をこころもち早めた。一歩一歩あるくたびごとに、霜でふくれあがった土が鶉《うずら》か梟《ふくろう》の呟きのようなおかしい低音をたててくだけるのだ。

「いや。」僕はわざと笑った。「そんなことでなしに、何かお仕事でもはじめていません

「もう、骨のずいからの怠けものです。」きっぱり答えた。

「どうしたのでしょう。失礼ですが、いくつなのですか? 四十二歳だとか言っていましたが。」

「さあ。」こんどは笑わなかったのである。「まだ三十まえじゃないかしら。うんと若いのでございますのよ。いつも変りますので、はっきりは私にもわかりませんのですの。」

「どうするつもりかな。勉強なんかしていないようですね。あれで本でも読むのですか?」

「いいえ、新聞だけ。新聞だけは感心に三種類の新聞をとっていますの。ていねいに読むことよ。政治面をなんべんもなんべんも繰りかえして読んでいます。」

僕たちはあの空地へ出た。原っぱの霜は清浄であった。月あかりのために、石ころや、笹の葉や、棒杙《ぼうぐい》や、掃き溜めまで白く光っていた。

「友だちもないようですね。」

「ええ。みんなに悪いことをしていますから、もうつきあえないのだそうです。」

「どんな悪いことを。」僕は金銭のことを考えていた。

「それがつまらないことなのですの。ちっともなんともないことなのです。それでも悪いことですって。あのひと、ものの善し悪しがわからないのでございますのよ。」

「そうだ。そうです。善いことと悪いことがさかさまなのです。」

「いいえ。」顎をショオルに深く埋めてかすかに頸をふった。「はっきりさかさまなら、まだいいのでございます。目茶目茶なんですのよ、それが。だから心細いの。逃げられますわよ、あれじゃ。あのひと、それはごきげんを取るのですけれど。私のあとに二人も来ていましたそうですね。」

「ええ。」僕はあまり話を聞いていなかった。

「季節ごとに変えるようなものだわ。真似しましたでしょう?」

「なんです。」すぐには呑みこめなかった。

「真似をしますのよ、あのひと。あのひとに意見なんてあるものか。みんな女からの影響よ。文学少女のときには文学。下町のひとのときには小粋に。わかってるわ。」

「まさか。そんなチェホフみたいな。」

そう言って笑ってやったが、やはり胸がつまって来た。いまここに青扇がいるなら彼のあの細い肩をぎゅっと抱いてやってもよいと思ったものだ。

「そんなら、いま木下さんが骨のずいからのものぐさをしているのは、つまりあなたを真似しているというわけなのですね。」僕はそう言ってしまって、ぐらぐらとよろめいた。

「ええ。私、そんな男のかたが好きなの。もすこしまえにそれを知ってくださいましたなら。でも、もうおそいの。私を信じなかった罰よ。」軽く笑いながら言ってのけた。

僕はあしもとの土くれをひとつ蹴って、ふと眼をあげると、藪のしたに男がひっそり立っていた。どてらを着て、頭髪もむかしのように長くのびていた。僕たちは同時にその姿を認めた。握り合っていた手をこっそりほどいて、そっと離れた。

「むかえに来たのだよ。」

青扇はひくい声でそう言ったのであるが、あたりの静かなせいか、僕にはそれが異様にちかちか痛く響いた。彼は月の光りさえまぶしいらしく、眉をひそめて僕たちをおどおど眺めていた。

僕は、今晩はと挨拶したのである。

「今晩は。おおやさん。」あいそよく応じた。

僕は二三歩だけ彼に近寄って尋ねてみた。

「なにかやっていますか。」

「もう、ほって置いて下さい。そのほかに話すことがないじゃあるまいし。」いつもに似ずきびしくそう答えてから、急に持ちまえの甘ったれた口調にかえるのであった。「私はね、このあいだから手相をやっていますよ。ほら、太陽線が私のてのひらに現われて来ています。ほら。ね、ね。運勢がひらける証拠なのです。」

そう言いながら左手をたかく月光にかざし、自分のてのひらのその太陽線とかいう手筋をほれぼれと眺めたのである。

運勢なんて、ひらけるものか。それきりもう僕は青扇と逢っていない。気が狂おうが、自殺しようが、それはあいつの勝手だと思っている。僕もこの一年間というもの、青扇のためにずいぶんと心の平静をかきまわされて来たようである。僕にしてもわずかな遺産のおかげでどうやら安楽な暮しをしているとはいえ、そんなに余裕があるわけでなし、青扇のことでかなりの不自由に襲われた。しかもいまになってみると、それはなんの面白さもない一層息ぐるしい結果にいたったようである。ふつうの凡夫を、なにかと意味づけて夢にかたどり眺めて暮して来ただけではなかったのか。龍駿はいないか。麒麟児はいないか。もうはや、そのような期待には全くほとほと御免である。みんなみんな昔ながらの彼であって、その日その日の風の工合いで少しばかり色あいが変って見えるだけのことだ。

おい。見給え。青扇の御散歩である。あの紙凧のあがっている空地だ。横縞のどてらを着て、ゆっくりゆっくり歩いている。なぜ、君はそうとめどもなく笑うのだ。そうかい。似ているというのか。——よし。それなら君に聞こうよ。空を見あげたり肩をゆすったりうなだれたり木の葉をちぎりとったりしながらのろのろさまよい歩いているあの男と、それから、ここにいる僕と、ちがったところが、一点でも、あるか。

年譜

太宰 治

一九〇九年（明治四二年）

六月一九日、父源右衛門、母夕子《たね》の六男として青森県北津軽郡金木村（現・五所川原市）に生まれる。本名津島修治。明治維新後、曾祖父の代に農地の廉価買い上げと金貸し業によって急激に産を成した県内屈指の素封家であった。津島家は、使用人を入れ三〇名を越す大家族であった。兄五人（長兄次兄は夭折したため三兄文治が長兄扱いされる）、姉四人。県会議員の父源右衛門は修治の生まれる二年前、商家風の旧宅跡に赤屋根の豪壮な大邸宅を新築。周辺に役場、郵便局、銀行、警察署を配置した官庁街を作らせ君臨した。生母が病弱のため、生まれて間もなく乳母をつけられたが、一歳頃から、同居の叔母キヱに育てられ、叔母を生みの母と思って成長した。

一九一二年（明治四五年・大正元年）　三歳

五月、女中近村タケが子守りとなり、この後小学校に進む直前まで養育される。父が衆議院議員に当選。金木の殿様と土地の人から呼ばれる。この頃から、源《やまげん》の屋号、および鶴丸の定紋を使用するようになった。やがて、父母は東京に居を構え、東京で生活することが多くなった。

一九一六年（大正五年）　七歳

一月、叔母一家が五所川原に分家し、小学校入学直前まで叔母の家で過ごす。四月、金木第一尋常小学校入学。一年次から人の意表をつく作文力で教師を驚かし、在学中、全甲首席、総代を通す。その一方、人をからかったり手に負えない腕白ぶりを発揮する。

一九二二年（大正一一年）一三歳
三月、全甲首席、総代で金木第一尋常小学校を卒業。四月、学力補充のため、金木町郊外の組合立明治高等小学校に入学、一年間通学。成績優秀にもかかわらず、悪戯が過ぎて、修身、操行を乙と評価される。一二月、多額納税議員の補欠選挙で、父が貴族院議員に当選する。

一九二三年（大正一二年）一四歳
三月、貴族院議員在任四ヵ月で父源右衛門が急病で東京の神田小川町の病院に入院して死去。享年五一歳。長兄文治が家督を相続した。四月、青森県立青森中学校に入学。持ち前の茶目っ気でクラスの人気者になる。

一九二五年（大正一四年）一六歳
三月、中学校の「校友会誌」に最初の創作「最後の太閤」を発表。この頃から作家への憧れが強まり、芥川龍之介や菊池寛などの作品に親しむ。四月、弟礼治も中学校に進む。八月、級友たちと同人誌「星座」を創刊し、辻魔羞児の筆名で戯曲「虚勢」を発表したが、一号限りで廃刊。一〇月、「校友会誌」に「角力」（筆名は辻魔首氏）を発表。一一月、同人雑誌「蜃気楼」を創刊、「温泉」「犠牲」「地図」などを発表する。

一九二六年（大正一五年・昭和元年）一七歳
「蜃気楼」に「負けぎらい卜敗北卜」「侏儒楽」「針医の圭樹」「瘤」「傴僂」「将軍」「哄笑に至る」「モナコ小景」「怪談」などの創作を精力的に発表。九月、三兄圭治の提唱で同人雑誌「青んぼ」を創刊、「口紅」などの小品を発表。

一九二七年（昭和二年）一八歳

二月、高校受験準備のため、「名君」を掲載した「蜃気楼」一月号を最後に通巻一二号で休刊。三月、青森中学校第四学年を修了。四月、官立弘前高等学校文科甲類に入学。弘前市の親戚藤田豊三郎方から通学する。同期生に上田重彦（作家石上玄一郎）がいた。七月、作家芥川龍之介の自殺に激しい衝撃を受け、直後から学業を放棄、芸妓上がりの師匠について義太夫を習い、服装に凝るなど、私生活に急激な変調を来たす。この頃、江戸文学や芸術派の作品に親しみ、近松門左衛門、泉鏡花らの文学に心酔する。

一九二八年（昭和三年）一九歳

五月、個人編集の同人誌「細胞文芸」を創刊。井伏鱒二など中央の作家に稿料を払い寄稿を受ける。筆名辻島衆二で生家を告発する暴露小説「無間《むげん》奈落」を発表する。九月、経済的理由から同誌を四号で廃刊するまでに、「股をくぐる」「彼等と其のいとしき母」を発表。青森市の花柳界に出入りし、芸妓紅子（小山《おやま》初代）と馴染みになる。一〇月、青森市の同人誌「猟騎兵」に参加。一二月、新聞雑誌部委員となり「校友会雑誌」に「此の夫婦」を本名で発表。

一九二九年（昭和四年）二〇歳

一月、弟礼治急病死、享年一六歳。二月、弘前高等学校校長鈴木信太郎の公金無断流用事件発覚。新聞雑誌部主導で同盟休校に入り、校長排斥に成功する。五月、「弘高新聞」に「哀蚊」、八月、「猟騎兵」に「虎徹宵話」、九月、「弘高新聞」に「花火」を発表する一方、急激に左傾化。一二月、期末試験の前夜にカルモチンを多量に嚥下して自殺未遂事件を起こす。

一九三〇年（昭和五年）二一歳

一月、青森県の文芸総合誌「座標」創刊号に「地主一代」の連載開始（筆名は大藤熊太）。同月、校内左翼分子が一斉検挙。三月、上田

重彦を含む三名が放校処分を受け、新聞雑誌部は解散させられ「校友会雑誌」が無期限休刊となる。四月、東京帝国大学仏文科に入学。府下戸塚町諏訪の学生下宿に下宿。五月、共産党のシンパ活動に加わる一方で、井伏鱒二を訪ね、以後師事する。同月、長兄文治の圧力で、「地主一代」を第三回で中絶。代わって七月から同じ筆名で「学生群」を連載するが、これも第四回で中絶。六月、三兄圭治病没、享年二六歳。九月、小山初代を家出上京させる。一一月、上京した長兄は義絶（分家除籍）を条件に初代との結婚を認める。その直後、銀座のカフェー女給田部シメ子と鎌倉小動崎の海岸で薬物心中を図り、田部シメ子は絶命。一二月、小山初代と仮祝言を挙げる。

一九三一年（昭和六年）　二二歳

二月、神田区岩本町のアパートで初代と世帯を持つ。三月、住居を活動家のアジトに提供。一〇月、神田区同朋町の住まいが党関係者の連絡場所になっているのを察知され、西神田署で取調べを受ける。党の活動量と危険度が日毎に増大し、登校を怠り、創作からも遠ざかる。

一九三二年（昭和七年）　二三歳

三月以降、不安と恐怖から転居を繰り返す。六月、警察の監視網から姿を消し行方知れず。特高警察は生家を連日訪問、協力を要請。長兄は憤り、送金を即刻停止、運動離脱を迫った。七月、青森で極秘に家族会議、翌日青森警察署に出頭、党との絶縁を誓約して帰京した。一二月、青森検事局に出頭、以後、左翼運動から完全に離脱。この頃、太宰治の筆名を考案する。

一九三三年（昭和八年）　二四歳

二月、同人誌「海豹通信」に「田舎者」を発表、太宰治の筆名を初めて使用する。三月、「海豹」に「魚服記」を発表。四月から同誌に「思い出」を連載。一二月、大学卒業見込みのないことを長兄に叱責される。
一九三四年（昭和九年）二五歳
四月、「文芸春秋」に井伏鱒二との合作「洋之助の気焰」を発表。古谷綱武・檀一雄ら編集の同人誌「鷭」に、同月、「葉」を、七月、「猿面冠者」を発表。一一月、「めくら草紙」を除く「晩年」の一四篇を完成。一二月、創刊した「青い花」に「ロマネスク」を発表した。
一九三五年（昭和一〇年）二六歳
二月、「文芸」に「逆行」を発表。三月、東京帝国大学は落第と決定し、都新聞社の入社試験を受けるが失敗。鎌倉で自殺未遂。四月、急性虫垂炎の手術後、腹膜炎を併発して重態になる。患部鎮痛のためパビナールを使用し、以後中毒に悩む。五月、「日本浪曼派」に「道化の華」を発表。七月、千葉県船橋町に転居。同月、「作品」に「玩具」「雀こ」を発表。八月、「逆行」が第一回芥川賞の次席となる。九月、東京帝大を除籍される。一〇月、「文芸春秋」に「ダス・ゲマイネ」を発表。
一九三六年（昭和一一年）二七歳
二月、パビナール中毒治療のため入院するが、完治しないまま退院。六月、第一短篇小説集『晩年』を砂子屋書房から刊行。八月、第三回芥川賞に落選。パビナール中毒の妄想もあり、選考委員の佐藤春夫と応酬する。一〇月、パビナール中毒と結核の治療のため入院。一一月、完治退院して杉並区天沼に移転。入院中、初代が画学生と過ちを犯す。
一九三七年（昭和一二年）二八歳
三月、初代の過ちを知り、谷川温泉で初代とカルモチン心中未遂。六月、初代と離別する。同月、新潮社から『虚構の彷徨、ダス・ゲマイネ』を、七月、版画荘から短篇集『二十世紀旗手』を刊行。

一九三八年（昭和一三年）二九歳
七月、井伏鱒二からの縁談を契機に再起を図る。九月、山梨県御坂峠の天下茶屋で創作に専念。石原美知子と見合い。一〇月、「新潮」に「姥捨」を発表。一一月、甲府市に移る。

一九三九年（昭和一四年）三〇歳
一月、石原美知子と結婚式を挙げ、甲府市に新居を構える。二月、「文体」に「富嶽百景」、四月、「文学界」に「女生徒」を発表。四月、「黄金風景」が国民新聞短篇小説コンクールに当選。五月、書き下ろし短篇集『愛と美について』を竹村書房から、七月、砂子屋書房から『女生徒』を刊行。九月、東京府下三鷹村下連雀に転居。ここが終の栖となる。

一九四〇年（昭和一五年）三一歳
一月、「月刊文章」に「女の決闘」を連載開始、六月に完結。四月、竹村書房から『皮膚と心』を刊行。五月、「新潮」に「走れメロス」を発表。六月、人文書院から『女の決闘』を、人文書房から『思い出』を刊行。一二月、前年刊行の『女生徒』が透谷文学賞の副賞となり記念文学賞牌を受ける。同月、「婦人画報」に「ろまん燈籠」を連載開始、翌年六月に完結。

一九四一年（昭和一六年）三二歳
五月、実業之日本社から『東京八景』を刊行。六月、長女園子が誕生。七月、文芸春秋社から『新ハムレット』を刊行。八月、母の見舞いに九年ぶりに帰郷。筑摩書房から『千代女』を刊行。一一月、文士徴用の身体検査を受けるが胸部疾患のため免除となる。

一九四二年（昭和一七年）三三歳
一月、私家版『駈込み訴え』を刊行。六月、錦城出版社から『正義と微笑』を、博文館から『女性』を刊行。一〇月、母重態のため妻子同伴で帰郷。妻美知子が生家の人々と初めて対面する。一二月、母危篤で単身帰郷。母タ子死去。享年六九歳。

一九四三年（昭和一八年）　三四歳

一月、亡母法要のため妻子同伴で帰郷。同月、新潮社から『富嶽百景』を、九月、錦城出版社から『右大臣実朝』を刊行。

一九四四年（昭和一九年）　三五歳

五月、小山書店から『津軽』を執筆依頼され、六月まで津軽地方を旅行、一一月刊行。七月、先妻小山初代が中国の青島で死去、享年三二歳。八月、長男正樹が誕生。同月、肇書房から『佳日』を刊行、九月に「四つの結婚」の題名で映画化される。一二月、中国の作家魯迅の仙台医学専門学校時代の調査で仙台に旅行。

一九四五年（昭和二〇年）　三六歳

三月、妻子を甲府の石原家に疎開させる。七月、空襲に遭い石原家は全焼したため、津軽に再疎開。八月、終戦。読書や執筆に専念する。九月、朝日新聞社から『惜別（医学徒の頃の魯迅）』を刊行。一〇月、「河北新報」に「パンドラの匣」を連載開始、翌年一月完結。一二月、農地改革で地主の土地所有制が解体、生家も斜陽の運命を辿る。

一九四六年（昭和二一年）　三七歳

四月、戦後初の衆議院議員選挙で長兄文治が当選。六月、河北新報社から『パンドラの匣』を刊行。七月、祖母イシ死去、享年八八歳。一〇月、葬儀。一一月、疎開生活を切り上げ、約一年半ぶりに三鷹の旧宅に戻る。

一九四七年（昭和二二年）　三八歳

一月、「群像」に「トカトントン」を、「中央公論」に「メリイクリスマス」を発表。作家織田作之助死去。「東京新聞」に「織田君の死」を発表。三月、次女里子誕生。七月、中央公論社から『冬の花火』を刊行。「新潮」に「斜陽」の連載開始。八月、筑摩書房から『ヴィヨンの妻』を刊行。一一月、太田静子との間に治子誕生。一二月、新潮社から『斜陽』を刊行。

一九四八年（昭和二三年）

一月、「中央公論」に「犯人」を、「光」に「饗応夫人」を、「地上」に「酒の追憶」を発表。三月、「新潮」に連載エッセイ「如是我聞」を発表。四月、八雲書店から『太宰治全集』の第一回配本を刊行。六月、「展望」に「人間失格」の連載開始。同月一三日夜半、山崎富栄と玉川上水に入水。満三九歳の誕生日に当たる六月一九日に、奇しくも遺体が発見される。七月、筑摩書房から、『人間失格』、実業之日本社から『桜桃』が、一一月、新潮社から『如是我聞』が刊行される。翌年六月一九日、今官一の提唱で友人が三鷹の禅林寺に集合、「桜桃忌」と名づけて偲んだ。以後毎年この会が開かれるようになる。

本年譜は、『太宰治全集13』（一九九九年　筑摩書房刊）所収、山内祥史氏作成の年譜ほか、諸資料を参照し、編集部で編みました。その際、年齢はすべて満年齢としました。

（編集部編）

選者略歴

奥泉　光（おくいずみ・ひかる）

一九五六年、山形県生まれ。八六年「地の鳥　天の魚群」がすばる文学賞最終候補となる。九三年『ノヴァーリスの引用』で野間文芸新人賞、瞠目・反文学賞、九四年『石の来歴』で芥川賞、二〇〇九年『神器　軍艦「橿原」殺人事件』で野間文芸賞、二〇一四年『東京自叙伝』で谷崎潤一郎賞を受賞。他の著書に『蛇を殺す夜』『バナールな現象』『「吾輩は猫である」殺人事件』『グランド・ミステリー』『シューマンの指』など。

佐伯一麦（さえき・かずみ）

一九五九年、宮城県生まれ。八四年「木を接ぐ」で海燕新人賞、九〇年『ショート・サーキット』で野間文芸新人賞、九一年『ア・ルース・ボーイ』で三島由紀夫賞、九七年『遠き山に日は落ちて』で木山捷平文学賞、二〇〇四年『鉄塔家族』で大佛次郎賞、〇七年『ノルゲ　Norge』で野間文芸賞、一三年『還れぬ家』で毎日芸術賞を受賞。他の著書に『草の輝き』『ピロティ』『震災と言葉』『光の闇』『渡良瀬』など。

高橋源一郎（たかはし・げんいちろう）

一九五一年、広島県生まれ。八一年「さようなら、ギャングたち」が群像新人長篇小説賞優秀作に選ばれる。八八年『優雅で感傷的な日本野球』で三島由紀夫賞、二〇〇二年『日本文学盛衰史』で伊藤整文学賞、一二年『さよならクリストファー・ロビン』で谷崎潤一郎賞を受賞。他の著書に『虹の彼方に―オーヴァー・ザ・レインボウ』『ジョン・レノン対火星人』『ゴーストバスターズ―冒険小説』『ミヤザワケンジ・グレーテストヒッツ』『恋する原発』『銀河鉄道の彼方に』など。

中村文則（なかむら・ふみのり）

一九七七年、愛知県生まれ。二〇〇二年「銃」で新潮新人賞、〇四年『遮光』で野間文芸新人賞、〇五年『土の中の子供』で芥川賞、一〇年『掏摸』で大江健三郎賞を受賞。一四年米デイヴィッド・グディス賞を受賞するなど海外での評価も高い。他の著書に『最後の命』『悪と仮面のルール』『迷宮』『去年の冬、きみと別れ』『教団X』など。

堀江敏幸（ほりえ・としゆき）

一九六四年、岐阜県生まれ。九九年『おぱらばん』で三島由紀夫賞、二〇〇一年『熊の敷石』で芥川賞、〇三年『スタンス・ドット』で川端康成文学賞、〇四年『雪沼とその周辺』で谷崎潤一郎賞、木山捷平文学賞、〇六年『河岸忘日抄』で読売文学賞、一二年『なずな』で伊藤整文学賞を受賞。他の著書に『郊外へ』『子午線を求めて』『燃焼のための習作』『戸惑う窓』など。フランス文学の訳書も多数。

町田　康（まちだ・こう）

一九六二年、大阪府生まれ。九七年『くっすん大黒』で野間文芸新人賞、ドゥマゴ文学賞、二〇〇〇年『きれぎれ』で芥川賞、〇一年『土間の四十八滝』で萩原朔太郎賞、〇二年『権現の踊り子』で川端康成文学賞、〇五年『告白』で谷崎潤一郎賞、〇八年『宿屋めぐり』で野間文芸賞を受賞。他の著書に『夫婦茶碗』『パンク侍、斬られて候』『人間小唄』『猫にかまけて』『スピンク日記』『ゴランノスポン』など。

松浦寿輝（まつうら・ひさき）

一九五四年、東京生まれ。八八年『冬の本』で高見順賞、九五年『エッフェル塔試論』で吉田秀和賞、九六年『折口信夫論』で三島由紀夫賞、『平面論―一八八〇年代の西欧』で渋沢・クローデル賞、平山郁夫特別賞、九九年『知の庭園』で芸術選奨文部大臣賞評論部門、二〇〇〇年『花腐し』で芥川賞、〇五年『あやめ　鰈　ひかがみ』で木山捷平文学賞、「半島」で読売文学賞、〇九年『吃水都市』で萩原朔太郎賞、一四年『afterward』で鮎川信夫賞を受賞。他の著書に『川の光』『明治の表象空間』など。

本書は、『太宰治全集』第二巻〜第四巻、第七巻、第十巻（一九九八・五〜七、一九九八・一〇、一九九九・一　筑摩書房）を底本として使用し、新漢字新かな遣いに改め、多少ふりがなを調整しました。また、底本にある表現で、今日からみれば不適切な表現がありますが、作品が書かれた時代背景および著者が故人であることなどを考慮し、底本のままといたしました。よろしくご理解の程お願いいたします。

男性作家《だんせいさっか》が選《えら》ぶ太宰《だざい》治《おさむ》

太宰《だざい》治《おさむ》

二〇一五年二月一〇日第一刷発行

発行者――鈴木 哲
発行所――株式会社 講談社
東京都文京区音羽2・12・21 〒112-8001
電話 編集部(03)5395・3513
販売部(03)5395・5817
業務部(03)5395・3615

デザイン―菊地信義
印刷――豊国印刷株式会社
製本――株式会社国宝社
本文データ制作―講談社デジタル製作部
2015, Printed in Japan
定価はカバーに表示してあります。

講談社文芸文庫

ISBN978-4-06-290258-8

講談社文芸文庫

青柳瑞穂	ささやかな日本発掘	高山鉄男――人／青柳いづみこ－年
青山光二	青春の賭け 小説織田作之助	高橋英夫――解／久米 勲――年
青山二郎	眼の哲学｜利休伝ノート	森 孝―――人／森 孝―――年
阿川弘之	舷燈	岡田 睦――解／進藤純孝――案
阿川弘之	鮎の宿	岡田 睦――年
阿川弘之	桃の宿	半藤一利――解／岡田 睦――年
阿川弘之	論語知らずの論語読み	高島俊男――解／岡田 睦――年
阿川弘之	森の宿	岡田 睦――年
阿川弘之	亡き母や	小山鉄郎――解／岡田 睦――年
秋山 駿	内部の人間の犯罪 秋山駿評論集	井口時男――解／著者―――年
芥川龍之介	上海游記｜江南游記	伊藤桂一――解／藤本寿彦――年
阿部 昭	大いなる日｜司令の休暇	松本道介――解／実相寺昭雄－案
阿部 昭	未成年｜桃 阿部昭短篇選	坂上 弘――解／阿部玉枝他－年
安部公房	砂漠の思想	沼野充義――人／谷 真介――年
阿部知二	冬の宿	黒井千次――解／森本 穫――年
安部ヨリミ	スフィンクスは笑う	三浦雅士――解
鮎川信夫 吉本隆明	対談 文学の戦後	高橋源一郎－解
有吉佐和子	地唄｜三婆 有吉佐和子作品集	宮内淳子――解／宮内淳子――年
有吉佐和子	有田川	半田美永――解／宮内淳子――年
李良枝	由熙｜ナビ・タリョン	渡部直己――解／編集部――年
李良枝	刻	リービ英雄－解／編集部――年
伊井直行	濁った激流にかかる橋	笙野頼子――解／著者―――年
伊井直行	さして重要でない一日	柴田元幸――解／著者―――年
生島遼一	春夏秋冬	山田 稔――解／柿谷浩一――年
石川 淳	紫苑物語	立石 伯――解／鈴木貞美――案
石川 淳	江戸文学掌記	立石 伯――人／立石 伯――年
石川 淳	安吾のいる風景｜敗荷落日	立石 伯――人／立石 伯――年
石川 淳	普賢｜佳人	立石 伯――解／石和 鷹――案
石川 淳	焼跡のイエス｜善財	立石 伯――解／立石 伯――年
石川 淳	文林通言	池内 紀――解／立石 伯――年
石川 淳	鷹	菅野昭正――解／立石 伯――解
石川啄木	石川啄木歌文集	樋口 覚――解／佐藤清文――年
石原吉郎	石原吉郎詩文集	佐々木幹郎－解／小柳玲子――年

▶解=解説　案=作家案内　人=人と作品　年=年譜を示す。　2015年2月現在

講談社文芸文庫

講談社文芸文庫

講談社文芸文庫

小川国夫——アポロンの島　森川達也——解／山本恵一郎-年
小川国夫——試みの岸　長谷川郁夫-解／山本恵一郎-年
奥泉 光——石の来歴｜浪漫的な行軍の記録　前田 塁——解／著者——年
奥泉 光——その言葉を｜暴力の舟｜三つ目の鯰　佐々木敦——解／著者——年
尾崎一雄——美しい墓地からの眺め　宮内 豊——解／紅野敏郎——年
尾崎一雄——単線の駅　池内 紀——解／紅野敏郎——年
大佛次郎——旅の誘い 大佛次郎随筆集　福島行一——解／福島行一——年
織田作之助-夫婦善哉　種村季弘——解／矢島道弘——年
織田作之助-世相｜競馬　稲垣眞美——解／矢島道弘——年
小田 実——「アボジ」を踏む 小田実短篇集　川村 湊——解／著者——年
小田 実——オモニ太平記　金 石範——解／編集部——年
小沼 丹——懐中時計　秋山 駿——解／中村 明——案
小沼 丹——小さな手袋　中村 明——人／中村 明——年
小沼 丹——埴輪の馬　佐飛通俊——解／中村 明——年
小沼 丹——村のエトランジェ　長谷川郁夫-解／中村 明——年
小沼 丹——銀色の鈴　清水良典——解／中村 明——年
小沼 丹——更紗の絵　清水良典——解／中村 明——年
小沼 丹——珈琲挽き　清水良典——解／中村 明——年
折口信夫——折口信夫文芸論集 安藤礼二編　安藤礼二——解／著者——年
折口信夫——折口信夫天皇論集 安藤礼二編　安藤礼二——解
折口信夫——折口信夫芸能論集 安藤礼二編　安藤礼二——解
折口信夫——折口信夫対話集 安藤礼二編　安藤礼二——解／著者——年
開高 健——戦場の博物誌 開高健短篇集　角田光代——解／浦西和彦——年
加賀乙彦——帰らざる夏　リービ英雄-解／金子昌夫——案
加賀乙彦——錨のない船 上・下　リービ英雄-解／編集部——年
葛西善蔵——哀しき父｜椎の若葉　水上 勉——解／鎌田 慧——案
葛西善蔵——贋物｜父の葬式　鎌田 慧——解
加藤周一
中村真一郎-1946・文学的考察　鈴木貞美——解
福永武彦
加藤典洋——日本風景論　瀬尾育生——解／著者——年
加藤典洋——アメリカの影　田中和生——解／著者——年
金井美恵子-愛の生活｜森のメリュジーヌ　芳川泰久——解／武藤康史——年
金井美恵子-ピクニック、その他の短篇　堀江敏幸——解／武藤康史——年

講談社文芸文庫

金井美恵子 -砂の粒|孤独な場所で 金井美恵子自選短篇集　磯﨑憲一郎-解／前田晃——年
金子光晴 —風流尸解記　清岡卓行—解／原 満三寿—案
金子光晴 —絶望の精神史　伊藤信吉—人／中島可一郎-年
嘉村礒多 —業苦|崖の下　秋山 駿——解／太田静——年
柄谷行人 —意味という病　絓 秀実——解／曾根博義—案
柄谷行人 —畏怖する人間　井口時男—解／三浦雅士—案
柄谷行人編 -近代日本の批評 Ⅰ 昭和篇上
柄谷行人編 -近代日本の批評 Ⅱ 昭和篇下
柄谷行人編 -近代日本の批評 Ⅲ 明治・大正篇
柄谷行人 —坂口安吾と中上健次　井口時男—解／関井光男—年
柄谷行人 —日本近代文学の起源 原本　関井光男—年
柄谷行人・中上健次 —柄谷行人中上健次全対話　高澤秀次—解
柄谷行人 —反文学論　池田雄一—解／関井光男—年
柄谷行人・蓮實重彥 —柄谷行人蓮實重彥全対話
柄谷行人 —柄谷行人インタヴューズ1977-2001
柄谷行人 —柄谷行人インタヴューズ2002-2013　丸川哲史—解／関井光男—年
河井寬次郎 -火の誓い　河井須也子-人／鷺 珠江——年
河井寬次郎 -蝶が飛ぶ 葉っぱが飛ぶ　河井須也子-解／鷺 珠江——年
河上徹太郎 -吉田松陰 武と儒による人間像　松本健一—解／大平和登他-年
川喜田半泥子 -随筆 泥仏堂日録　森 孝——解／森 孝——年
川崎長太郎 -抹香町|路傍　秋山 駿——解／保昌正夫—年
川崎長太郎 -鳳仙花　川村二郎—解／保昌正夫—年
川崎長太郎 -もぐら随筆　平出 隆——解／保昌正夫—年
川崎長太郎 -老残|死に近く 川崎長太郎老境小説集　いしいしんじ-解／齋藤秀昭—年
川崎長太郎 -泡|裸木 川崎長太郎花街小説集　齋藤秀昭—解／齋藤秀昭—年
河竹登志夫 -黙阿弥　松井今朝子-解／著者——年
川端康成 —一草一花　勝又 浩——人／川端香男里-年
川端康成 —水晶幻想|禽獣　高橋英夫—解／羽鳥徹哉—案
川端康成 —反橋|しぐれ|たまゆら　竹西寛子—解／原 善——案
川端康成 —浅草紅団|浅草祭　増田みず子-解／栗坪良樹—案
川村二郎 —アレゴリーの織物　三島憲一—解／著者——年
川村 湊編 —現代アイヌ文学作品選　川村 湊——解

講談社文芸文庫

川村 湊編	現代沖縄文学作品選	川村 湊——解
上林暁	白い屋形船|ブロンズの首	高橋英夫——解／保昌正夫——案
上林暁	聖ヨハネ病院にて|大懺悔	富岡幸一郎-解／津久井 隆——年
木下順二	本郷	高橋英夫——解／藤木宏幸——案
金達寿	金達寿小説集	廣瀬陽一——解／廣瀬陽一——年
木山捷平	氏神さま|春雨|耳学問	岩阪恵子——解／保昌正夫——案
木山捷平	白兎|苦いお茶|無門庵	岩阪恵子——解／保昌正夫——案
木山捷平	井伏鱒二|弥次郎兵衛|ななかまど	岩阪恵子——解／木山みさを-年
木山捷平	木山捷平全詩集	岩阪恵子——解／木山みさを-年
木山捷平	おじいさんの綴方|河骨|立冬	岩阪恵子——解／常盤新平——案
木山捷平	下駄にふる雨|月桂樹|赤い靴下	岩阪恵子——解／長部日出雄-案
木山捷平	角帯兵児帯|わが半生記	岩阪恵子——解／荒川洋治——案
木山捷平	鳴るは風鈴 木山捷平ユーモア小説選	坪内祐三——解／編集部——年
木山捷平	大陸の細道	吉本隆明——解／編集部——年
木山捷平	落葉|回転窓 木山捷平純情小説選	岩阪恵子——解／編集部——年
清岡卓行	アカシヤの大連	宇佐美 斉——解／馬渡憲三郎-案
久坂葉子	幾度目かの最期 久坂葉子作品集	久坂部 羊——解／久米 勲——年
草野心平	口福無限	平松洋子——解／編集部——年
倉橋由美子	スミヤキストQの冒険	川村 湊——解／保昌正夫——案
倉橋由美子	蛇|愛の陰画	小池真理子-解／古屋美登里-年
黒井千次	群棲	高橋英夫——解／曾根博義——案
黒井千次	たまらん坂 武蔵野短篇集	辻井 喬——解／篠崎美生子-年
黒井千次	一日 夢の柵	三浦雅士——解／篠崎美生子-年
幸田文	ちぎれ雲	中沢けい——人／藤本寿彦——年
幸田文	番茶菓子	勝又 浩——人／藤本寿彦——年
幸田文	包む	荒川洋治——人／藤本寿彦——年
幸田文	草の花	池内 紀——人／藤本寿彦——年
幸田文	駅|栗いくつ	鈴村和成——解／藤本寿彦——年
幸田文	猿のこしかけ	小林裕子——解／藤本寿彦——年
幸田文	回転どあ|東京と大阪と	藤本寿彦——解／藤本寿彦——年
幸田文	さざなみの日記	村松友視——解／藤本寿彦——年
幸田文	黒い裾	出久根達郎-解／藤本寿彦——年
幸田文	北愁	群 ようこ——解／藤本寿彦——年
幸田露伴	運命|幽情記	川村二郎——解／登尾 豊——案

講談社文芸文庫

講談社編――東京オリンピック 文学者の見た世紀の祭典	高橋源一郎―解
講談社文芸文庫編-戦後短篇小説再発見 1 青春の光と影	川村 湊――解
講談社文芸文庫編-戦後短篇小説再発見 2 性の根源へ	井口時男――解
講談社文芸文庫編-戦後短篇小説再発見 3 さまざまな恋愛	清水良典――解
講談社文芸文庫編-戦後短篇小説再発見 4 漂流する家族	富岡幸一郎-解
講談社文芸文庫編-戦後短篇小説再発見 5 生と死の光景	川村 湊――解
講談社文芸文庫編-戦後短篇小説再発見 6 変貌する都市	富岡幸一郎-解
講談社文芸文庫編-戦後短篇小説再発見 7 故郷と異郷の幻影	川村 湊――解
講談社文芸文庫編-戦後短篇小説再発見 8 歴史の証言	井口時男――解
講談社文芸文庫編-戦後短篇小説再発見 9 政治と革命	井口時男――解
講談社文芸文庫編-戦後短篇小説再発見 10 表現の冒険	清水良典――解
講談社文芸文庫編-日本の童話名作選 現代篇	野上 暁――解
講談社文芸文庫編-第三の新人名作選	富岡幸一郎-解
講談社文芸文庫編-個人全集月報集 安岡章太郎全集・吉行淳之介全集・庄野潤三全集	
講談社文芸文庫編-昭和戦前傑作落語選集	柳家権太楼-解
講談社文芸文庫編-追悼の文学史	
講談社文芸文庫編-大東京繁昌記 下町篇	川本三郎――解
講談社文芸文庫編-大東京繁昌記 山手篇	森 まゆみ―解
講談社文芸文庫編-昭和戦前傑作落語選集 伝説の名人編	林家彦いち-解
講談社文芸文庫編-個人全集月報集 藤枝静男著作集・永井龍男全集	
講談社文芸文庫編-『少年倶楽部』短篇選	杉山 亮――解
講談社文芸文庫編-福島の文学 11人の作家	宍戸芳夫――解
講談社文芸文庫編-個人全集月報集 円地文子文庫・円地文子全集・佐多稲子全集・宇野千代全集	
講談社文芸文庫編-妻を失う 離別作品集	富岡幸一郎-解
講談社文芸文庫編-『少年倶楽部』熱血・痛快・時代短篇選	講談社文芸文庫-解
小島信夫――抱擁家族	大橋健三郎-解／保昌正夫――案
小島信夫――うるわしき日々	千石英世――解／岡田 啓――年
小島信夫 森 敦――対談・文学と人生	坪内祐三――解
小島信夫――墓碑銘	千石英世――解／柿谷浩一――年
小島信夫――美濃	保坂和志――解／柿谷浩一――年
小島信夫――公園|卒業式 小島信夫初期作品集	佐々木 敦―解／柿谷浩一――年
小島信夫――靴の話|眼 小島信夫家族小説集	青木淳悟――解／柿谷浩一――年
後藤明生――挟み撃ち	武田信明――解／著者――――年

小林 勇	蝸牛庵訪問記	竹之内静雄─人／小林堯彦他─年
小林 勇	惜櫟荘主人 一つの岩波茂雄伝	高田 宏──人／小林堯彦他─年
小林信彦	決壊	坪内祐三─解／著者────年
小林秀雄	栗の樹	秋山 駿──人／吉田凞生──年
小林秀雄	小林秀雄対話集	秋山 駿──解／吉田凞生──年
小林秀雄	小林秀雄全文芸時評集 上・下	山城むつみ─解／吉田凞生──年
小堀杏奴	朽葉色のショール	小尾俊人──解／小尾俊人──年
小山 清	日日の麵麭|風貌 小山清作品集	田中良彦──解／田中良彦──年
西東三鬼	神戸|続神戸|俳愚伝	小林恭二──解／齋藤愼爾──年
佐伯一麦	ショート・サーキット 佐伯一麦初期作品集	福田和也──解／二瓶浩明──年
佐伯一麦	日和山 佐伯一麦自選短篇集	阿部公彦──解／著者────年
坂上 弘	田園風景	佐伯一麦──解／田谷良一──年
坂口安吾	風と光と二十の私と	川村 湊──解／関井光男──案
坂口安吾	桜の森の満開の下	川村 湊──解／和田博文──案
坂口安吾	オモチャ箱|狂人遺書	川村 湊──解／荻野アンナ─案
坂口安吾	日本文化私観 坂口安吾エッセイ選	川村 湊──解／若月忠信──年
坂口安吾	教祖の文学|不良少年とキリスト 坂口安吾エッセイ選	川村 湊──解／若月忠信──年
佐々木邦	凡人伝	岡崎武志──解
佐多稲子	樹影	小田切秀雄─解／林 淑 美──案
佐多稲子	月の宴	佐々木基一─人／佐多稲子研究会─年
佐多稲子	時に佇つ	小林裕子──解／長谷川 啓──案
佐多稲子	夏の栞 ─中野重治をおくる─	山城むつみ─解／佐多稲子研究会─年
佐多稲子	私の東京地図	川本三郎──解／佐多稲子研究会─年
佐多稲子	私の長崎地図	長谷川 啓──解／佐多稲子研究会─年
佐藤紅緑	ああ玉杯に花うけて 少年倶楽部名作選	紀田順一郎─解
佐藤春夫	わんぱく時代	佐藤洋二郎─解／牛山百合子─年
里見弴	初舞台|彼岸花 里見弴作品選	武藤康史──解／武藤康史──年
里見弴	恋ごころ 里見弴短篇集	丸谷才一──解／武藤康史──年
里見弴	朝夕 感想・随筆集	伊藤玄二郎─解／武藤康史──年
里見弴	荊棘の冠	伊藤玄二郎─解／武藤康史──年
澤田 謙	プリューターク英雄伝	中村伸二──年
椎名麟三	神の道化師|媒妁人 椎名麟三短篇集	井口時男──解／斎藤末弘──年
椎名麟三	深夜の酒宴|美しい女	井口時男──解／斎藤末弘──年
篠田一士	世界文学「食」紀行	丸谷才一──解／土岐恒二──年

講談社文芸文庫

島尾敏雄 ―その夏の今は|夢の中での日常　吉本隆明―解／紅野敏郎―案
島尾敏雄 ―夢屑　富岡幸一郎―解／柿谷浩一―年
志村ふくみ-一色一生　高橋 巖―人／著者―年
庄野英二 ―ロッテルダムの灯　著者―年
庄野潤三 ―夕べの雲　阪田寛夫―解／助川徳是―案
庄野潤三 ―絵合せ　饗庭孝男―解／鷺 只雄―案
庄野潤三 ―ピアノの音　齋藤礎英―解／助川徳是―年
庄野潤三 ―自分の羽根 庄野潤三随筆集　高橋英夫―解／助川徳是―年
庄野潤三 ―愛撫|静物 庄野潤三初期作品集　高橋英夫―解／助川徳是―年
庄野潤三 ―野菜讃歌　佐伯一麦―解／助川徳是―年
庄野潤三 ―野鴨　小池昌代―解／助川徳是―年
庄野潤三 ―陽気なクラウン・オフィス・ロウ　井内雄四郎-解／助川徳是―年
庄野潤三 ―ザボンの花　富岡幸一郎-解／助川徳是―年
笙野頼子 ―幽界森娘異聞　金井美恵子-解／山崎眞紀子-年
白洲正子 ―かくれ里　青柳恵介―人／森 孝一―年
白洲正子 ―明恵上人　河合隼雄―人／森 孝一―年
白洲正子 ―十一面観音巡礼　小川光三―人／森 孝一―年
白洲正子 ―お能|老木の花　渡辺 保―人／森 孝一―年
白洲正子 ―近江山河抄　前 登志夫―人／森 孝一―年
白洲正子 ―古典の細道　勝又 浩―人／森 孝一―年
白洲正子 ―能の物語　松本 徹―人／森 孝一―年
白洲正子 ―心に残る人々　中沢けい―人／森 孝一―年
白洲正子 ―世阿弥 ―花と幽玄の世界　水原紫苑―人／森 孝一―年
白洲正子 ―謡曲平家物語　水原紫苑―解／森 孝一―年
白洲正子 ―西国巡礼　多田富雄―解／森 孝一―年
白洲正子 ―私の古寺巡礼　高橋睦郎―解／森 孝一―年
杉浦明平 ―夜逃げ町長　小嵐九八郎-解／若杉美智子-年
杉本秀太郎-『徒然草』を読む　光田和伸―解／著者―年
杉本秀太郎-伊東静雄　原 章二―解／著者―年
青鞜社編 ―青鞜小説集　森 まゆみ―解
曽野綾子 ―雪あかり 曽野綾子初期作品集　武藤康史―解／武藤康史―年
高橋源一郎-さようなら、ギャングたち　加藤典洋―解／栗坪良樹―年
高橋源一郎-ジョン・レノン対火星人　内田 樹―解／栗坪良樹―年
高橋源一郎-虹の彼方《オーヴァー・ザ・レインボウ》に　矢作俊彦―解／栗坪良樹―年

講談社文芸文庫

講談社文芸文庫

津島美知子-回想の太宰治　伊藤比呂美–解／編集部–年
津島佑子–光の領分　川村 湊–解／柳沢孝子–案
津島佑子–寵児　石原千秋–解／与那覇恵子–年
津島佑子–山を走る女　星野智幸–解／与那覇恵子–年
鶴田知也–コシャマイン記｜ベロニカ物語 鶴田知也作品集　川村 湊–解／小正路淑泰–年
寺山修司–私という謎 寺山修司エッセイ選　川本三郎–解／白石 征–年
寺山修司–ロング・グッドバイ 寺山修司詩歌選　齋藤愼爾–解
寺山修司–戦後詩 ユリシーズの不在　小嵐九八郎–解
戸板康二–思い出す顔 戸板康二メモワール選　犬丸 治–解／犬丸 治–年
戸板康二–丸本歌舞伎　渡辺 保–解／犬丸 治–年
戸川幸夫–猛犬 忠犬 ただの犬　平岩弓枝–解／中村伸二–年
徳田秋声–あらくれ　大杉重男–解／松本 徹–年
外村 繁–澪標｜落日の光景　川村 湊–解／藤本寿彦–案
富岡幸一郎-使徒的人間 —カール・バルト—　佐藤 優–解／著者–年
富岡多恵子-表現の風景　秋山 駿–解／木谷喜美枝–案
富岡多恵子-動物の葬禮｜はつむかし 富岡多恵子自選短篇集　菅野昭正–解／著者–年
富岡多恵子-逆髪　町田 康–解／著者–年
富岡多恵子-西鶴の感情　松井今朝子–解／著者–年
富岡多恵子編-大阪文学名作選　富岡多恵子–解
土門 拳–風貌｜私の美学 土門拳エッセイ選 酒井忠康編　酒井忠康–解／酒井忠康–年
永井荷風–日和下駄 一名 東京散策記　川本三郎–解／竹盛天雄–年
永井龍男–一個｜秋その他　中野孝次–解／勝又 浩–案
永井龍男–わが切抜帖より｜昔の東京　中野孝次–人／森本昭三郎–年
永井龍男–カレンダーの余白　石原八束–人／森本昭三郎–年
永井龍男–へっぽこ先生その他　高井有一–解／編集部–年
中上健次–熊野集　川村二郎–解／関井光男–案
中上健次–化粧　柄谷行人–解／井口時男–案
中上健次–蛇淫　井口時男–解／藤本寿彦–年
中上健次–風景の向こうへ｜物語の系譜　井口時男–解／藤本寿彦–年
中上健次–水の女　前田 塁–解／藤本寿彦–年
中上健次–地の果て 至上の時　辻原 登–解
中川一政–画にもかけない　高橋玄洋–人／山田幸男–年
中里恒子–閉ざされた海 中納言秀家夫人の生涯　金井景子–解／高橋一清–年
中沢けい–海を感じる時｜水平線上にて　勝又 浩–解／近藤裕子–案

講談社文芸文庫

中沢けい	女ともだち	角田光代──解／近藤裕子──年
中沢新一	虹の理論	島田雅彦──解／安藤礼二──年
中島敦	光と風と夢|わが西遊記	川村 湊──解／鷺 只雄──案
中島敦	斗南先生|南島譚	勝又 浩──解／木村一信──案
中野重治	五勺の酒|萩のもんかきや	川西政明──解／松下 裕──案
中野重治	村の家|おじさんの話|歌のわかれ	川西政明──解／松下 裕──案
中野重治	斎藤茂吉ノート	小高 賢──解
中原中也	中原中也全詩歌集 上・下 吉田凞生編	吉田凞生──解／青木 健──案
中村光夫	二葉亭四迷伝 ある先駆者の生涯	綷 秀実──解／十川信介──案
中村光夫	風俗小説論	千葉俊二──解／金井景子──年
中村光夫選	私小説名作選 上・下 日本ペンクラブ編	
西脇順三郎	野原をゆく	新倉俊一──人／新倉俊一──年
西脇順三郎	*Ambarvalia*|旅人かへらず	新倉俊一──人／新倉俊一──年
日本文藝家協会編	現代小説クロニクル 1975～1979	川村 湊──解
日本文藝家協会編	現代小説クロニクル 1980～1984	川村 湊──解
日本文藝家協会編	現代小説クロニクル 1985～1989	川村 湊──解
野口冨士男	なぎの葉考|少女 野口冨士男短篇集	勝又 浩──解／編集部──年
野田宇太郎	新東京文学散歩 上野から麻布まで	坂崎重盛──解
野間宏	暗い絵|顔の中の赤い月	紅野謙介──解／紅野謙介──年
橋川文三	日本浪曼派批判序説	井口時男──解／赤藤了勇──年
蓮實重彦	夏目漱石論	松浦理英子─解／著者──年
蓮實重彦	「私小説」を読む	小野正嗣──解／著者──年
長谷川四郎	鶴	池内 紀──解／小沢信男──案
服部達	われらにとって美は存在するか 勝又浩編	勝又 浩──解／齋藤秀昭──年
花田清輝	アヴァンギャルド芸術	沼野充義──解／日高昭二──案
花田清輝	復興期の精神	池内 紀──解／日高昭二──年
埴谷雄高	死霊 Ⅰ Ⅱ Ⅲ	鶴見俊輔──解／立石 伯──年
埴谷雄高	埴谷雄高政治論集 埴谷雄高評論選書1 立石伯編	
埴谷雄高	埴谷雄高思想論集 埴谷雄高評論選書2 立石伯編	
埴谷雄高	埴谷雄高文学論集 埴谷雄高評論選書3 立石伯編	立石 伯──年
濱田庄司	無盡蔵	水尾比呂志─解／水尾比呂志─年
林京子	祭りの場|ギヤマン ビードロ	川西政明──解／金井景子──案
林京子	長い時間をかけた人間の経験	川西政明──解／金井景子──年
林京子	希望	外岡秀俊──解／金井景子──年

講談社文芸文庫

太宰 治
男性作家が選ぶ太宰治
年譜＝講談社文芸文庫
奥泉光・佐伯一麦・高橋源一郎・中村文則・堀江敏幸・町田康・松浦寿輝。
七人の男性作家がそれぞれの視点で選ぶ、他に類を見ない太宰短篇選集。
たAK1
978-4-06-290258-8

太宰 治
女性作家が選ぶ太宰治
著書目録＝柿谷浩一
江國香織・角田光代・川上弘美・川上未映子・桐野夏生・松浦理英子・山田詠美。
七人の女性作家がそれぞれの感性で選ぶ、未だかつてない太宰短篇選集。
たAK2
978-4-06-290259-5

野田宇太郎
新東京文学散歩 上野から麻布まで
解説＝坂崎重盛 挿画＝織田一磨
東京――そこは近代文学史上に名を刻んだ主だった作家たちの私生活の場がある。
近代文学の真実を捜して文学者と土地と作品に触れる、文学好きの為の文学案内。
のG1
978-4-06-290260-1

日本文藝家協会編
現代小説クロニクル1985～1989
解説＝川村湊
現代文学は四〇年間で如何なる変貌を遂げたのか――。時代を象徴する名作シリーズ
第三弾。村上春樹・島田雅彦・津島佑子・村田喜代子・池澤夏樹・宇野千代・佐藤泰志。
にC3
978-4-06-290261-8